U0623750

CALLING TIME'S

召唤时光的女孩

Calling Time's Girl

西小洛 著

天津出版传媒集团

天津人民出版社

图书在版编目（ＣＩＰ）数据

召唤时光的女孩 / 西小洛著. -- 天津：
天津人民出版社, 2014.12（2020.3重印）
ISBN 978-7-201-09031-3-01

Ⅰ.①召… Ⅱ.①西… Ⅲ.①长篇小说–中国–当代
Ⅳ.①I247.5

中国版本图书馆CIP数据核字(2014)第297688号

召唤时光的女孩
ZHAOHUAN SHIGUANG DE NÜHAI
西小洛 著

出　　版	天津人民出版社
出 版 人	刘　庆
地　　址	天津市和平区西康路35号康岳大厦
邮政编码	300051
邮购电话	（022）23332469
网　　址	http：//www.tjrmcbs.com
电子信箱	reader@tjrmcbs.com
责任编辑	玮丽斯
装帧设计	胡万莲
制版印刷	三河市华东印刷有限公司印刷
经　　销	新华书店
开　　本	660毫米×960毫米　1/16
印　　张	16
字　　数	204千字
版权印次	2014年12月第1版　2020年3月第2次印刷
定　　价	42.80元

版权所有 侵权必究
图书如出现印装质量问题，请致电联系调换（022-23332469）

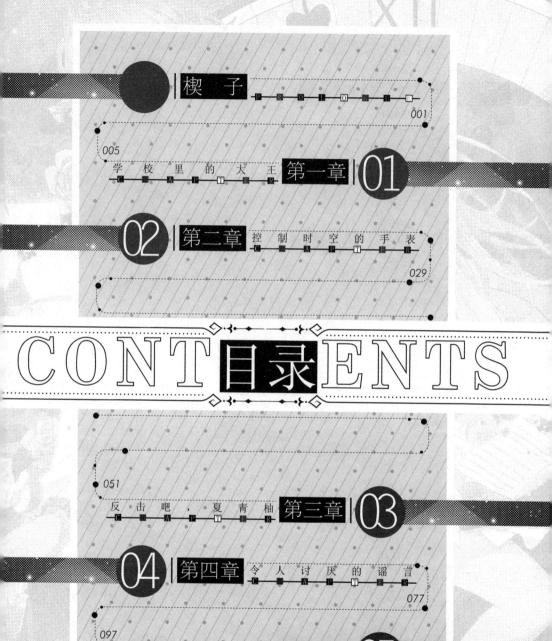

CONT目录ENTS

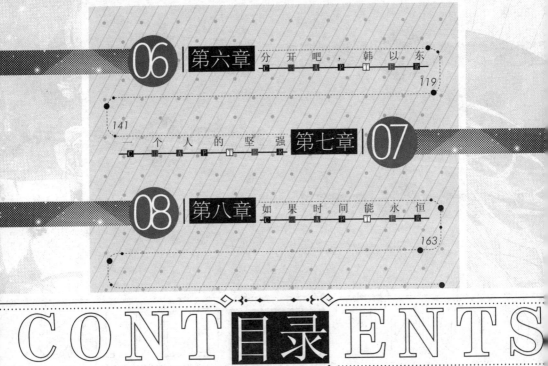
CONT目录ENTS

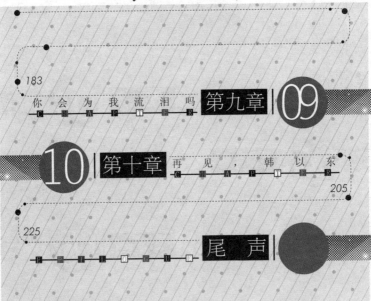

楔子

PROLOGUE

CALLING
TIME'S GIRL

人类的进化，社会的进步，全球的节奏，无一不在阐述一个事实——优胜劣汰。

而我，夏青柚，作为全艾维克市最有前途、最杰出、最优秀的特优生，却因为一杯放了安眠药的牛奶，从此冲出了人生的轨道，一败涂地。

"大家好，我叫夏青柚。"教室里，穿着深蓝校服的我转过身，"唰唰"的在黑板上写下自己的名字，然后转身，"请多指教。"

讲台下，一群女生凑在一起嘻嘻哈哈地笑着，根本就没有看我，一群男生在嬉笑着聊天。

望着这群家伙，我漂亮的脸瞬间拉下来。

"谢谢夏青柚同学的自我介绍。那么，轮到下一位，请上台。"老师笑着请我下台。

然后，我的同桌上台开始自我介绍。

"大家好，我叫伊芽芽，大家叫我芽芽就好啦。"她开心地说着，转身在黑板上写下自己的名字。

我夏青柚，作为全艾维克市最出色的特优生，成绩第一，长相第一，人气第一，才艺第一，我的外号是"夏第一"，我的人生准则是第一，我的灵魂信仰是第一。

没错，第一就是我全部的骄傲和尊严。

要知道，以我的能力，我是绝对不可能和这群家伙同班的。

我夏青柚，全艾维克市第一名，才不屑和这群人为伍。

可是现在，因为高中毕业考试前一晚，老妈在我的牛奶里放了安眠药，导致我睡过了头，错过了第二天的升学考试，因此，我"光荣"地成为了全艾维克市倒数第一，成为职业技术学校诺菲亚学院的一名学生。

我的人生就此完了。

"在未来的几年里，希望大家共同努力，共同进步，在学习上取得突破性的进展。"

讲台上，老师话音落下，这次的开学班会就结束了。

所有人都开始鼓掌，只有我，悲壮地望着讲台，世界开始天旋地转。

未来几年，我都将在诺菲亚学院度过，只是想一想就不寒而栗。

我的骄傲，我的尊严，瞬间被粉碎。

它们哭着告诉我，我不属于这里。

这一定是噩梦。

第一章

CHAPTER

学校里的大王

01

CALLING
TIME'S GIRL

1

午休时间，教室里，女孩子们聚在一起叽叽喳喳地讨论着，男孩子们则嘻嘻哈哈地在打闹。

我捧着单词本努力默记单词，而我旁边的同桌正在织毛衣。

"大新闻，国际大新闻，韩以东和金浩杠上啦！"教室门口，一个男生突然冲进来，激动地大叫一声，就像往教室里投下了个原子弹，大家瞬间炸开了锅，本来就很热闹的教室一下子变得像蜂巢。

"什么？韩以东和金浩杠上了？在哪里？"

"操场，就在操场上。"

"快快快，看热闹去，韩以东和金浩杠上了。"

随着呐喊的声音，教室里瞬间空了，只剩下不高兴地记单词的我。

一群无聊的家伙。

我不屑地轻嗤，看看，这就是他们的生活，我开始想念在特优班时的日子。

教室里变得空荡荡的，很安静，教室外隔壁班的人陆续尖叫着跑过，往操场上狂奔。

"喂，我跟你说啊，韩以东和金浩杠上了，在操场上……什么？我们学校……没错，韩以东和金浩都入读诺菲亚学院啦，哈哈。当初我可是冲着韩以东才选了这所学校的。一会儿我拍照片给你看，那小子很帅……"

教室外，一个女生边打电话边跑过去。

因为一个男生才选择了这所学校？

同学，你是在拿你的未来开玩笑。

"我赌韩以东赢，金浩根本就不是韩以东的对手，要知道那小子以前可是我们学校跆拳道比赛的三连冠。"

"我赌金浩赢，赌一瓶可乐，怎么样？"

教室外，两个男生一边说话一边跑过去。

盯着单词本的我眯起眼睛，心浮气躁。

那些单词似乎也在嘲讽我，咧着嘴哈哈大笑："哈哈哈，夏青柚，你不是很了不起吗？怎么样，还不是和这群人读同一所学校？"

"就是就是，老是以为自己很了不起，特优生又怎么样？结果呢？还不是一样。"

"没错，夏青柚，看你以后还怎么神气！"

英文字母开始扭曲，像恶魔一样咧嘴冲我得意地笑个不停，声音越来越大，让我的脑袋涨得都快要爆炸了。

"闭嘴！"大叫一声后，我捂住耳朵，那声音瞬间消失了。

呼——呼——我不停深呼吸。

夏青柚，这没什么大不了的，好学校、坏学校都一样是学校，只要好好学习，未来还是有希望的。

我这样告诉自己，然后深吸一口气，抬头挺胸，露出自信的笑容来，捧起单词本继续看起来。

这时，窗外传来操场上女生们尖叫的声音。

"韩以东，加油！"

"韩以东，太帅了！"

……

"轰隆隆——"

我的怒火爆发了。

这群家伙，成天就知道追星、购物、犯花痴，函数是什么不知道，文言文一句不懂，英语完全是天书，简直就是一无是处，无所事事，浪费青春。

可是，我必须和这群家伙读同一所学校，我原本应该享受最好的教学环境，最高的教学质量，和最优秀的人做同学，可是现在，我的同学都在操场上看两个男生打架。

我愤然起身，抓起书包。

我要回家，我要逃离这所可笑的学校。

心理不平衡的我抓着书包跑出了教室。

不远处的操场上挤满了人，一群女生在那里飙着高音，给那个叫韩以东的人呐喊助威。

"韩以东，加油！"

"韩以东，你最棒！"

看看，这就是我的同学、我的学校。

我路过学校的公告栏，上面贴着本次考试的成绩。我走过去，在最前面找到了自己的名字。

第一名——夏青柚。

做这种学校的第一名，我一点儿都不开心。

我掏出圆珠笔，三两下就把自己的名字涂掉了。做完这一切后，我的心情立刻好多了。

我扭头正准备离开，一眼便看见了倒数第一的名字——韩以东。

操场上正在和一个叫金浩的人约战的家伙居然是全校倒数第一？

等等，倒数第二叫什么名字？

金浩！

也就是说，全校的学生为了倒数第一和倒数第二疯狂地跑到操场上看热闹？也就是说，有人为了倒数第一和倒数第二特地选择这所学校？也就是说，操场上那群叫得跟杀猪一样的女生喜欢的居然是全校倒数第一？

天啊，这所学校彻底没救了。

2

我毅然决然地背着书包走出学校大门，沿着马路回家，把那些可笑的吵闹声抛在脑后。

我的心情很糟糕。从小到大，我都是最优秀的。我受到最优质的教育，成为最优秀的人，我的人生和那群人截然不同。可是，现在，一切都搞砸了。因为一杯牛奶，我搞砸了我的人生。

如果人生可以重来一遍，如果时光可以倒流，那该多好啊！

我站在天桥上，望着下面川流不息的车辆。仿佛有一只手揪住了我的心脏，好疼，疼得我想哭。

为什么我的人生会变得这样糟糕？

就因为错过了升学考试，一夜之间我从天堂跌入了地狱。

在街上游荡到晚上，我失魂落魄地回到家。桌子上有一张字条，上面写着——

宝贝青柚，因为新书需要，妈妈决定前往埃及寻找灵感。有什么需要请

致电你亲爱的爸爸。

爱你的妈妈

没错，我老妈是个专栏作家，从我出生到现在，她就没有正儿八经地做过一件事，做什么都是吊儿郎当的。

据说她曾经把我遗失在动物园一整天都没有发觉。

就在两个月前我升学考试的前一晚，她终于意识到自己作为一个母亲的失职，于是母爱泛滥，给我冲了一杯加安眠药的牛奶，目的是让我大考前有个好的睡眠。

然后，我的人生就这样被彻底毁了。

在我错过考试的当天，她就迅速收拾好行李，留下这张字条溜走了。

"杜子铃，有本事你就在埃及待上一辈子！"看着桌上的字条，我愤怒地说了一句，把书包丢在沙发上，转身上楼。

和我那不靠谱的老妈相比，我的父亲是个极其霸道又任性的工作狂。自从接管了爷爷的公司后，他就变得更加忙碌了，我在电视上见到他的次数远远多于现实里见到他的次数。

这样一个不靠谱的老妈和这样一个冷漠的老爸，他们的结合简直就是神创造的奇迹。

我叹了一口气，走进自己的房间，打开电脑，然后翻箱倒柜地找了一包方便面出来，泡好方便面坐在电脑前浏览网页。

我一边吃着方便面，一边进入诺菲亚学院的论坛，一眼就看见了里面最火爆的一篇帖子，题为："诺菲亚王子，谁与争锋！"

我不屑地哼了一声，打开网页，里面是一堆乱七八糟的照片。不过，老实说，照片上的主角看起来好帅。

第一张，他穿着白色的衬衣，深蓝色的牛仔裤，左耳戴着一枚黑色的钻石耳钉，耳朵里塞着白色的耳塞。阳光下，他戴着墨镜，握着一杯咖啡，坐在窗户旁，白皙的皮肤在阳光下似乎发着光。

第二张是侧面照。他穿着糖果色的T恤和裤子，踩着一双白色运动鞋，跨坐在单车上，一只手扶着车把，一只手拿着一杯奶茶，安静地凝望着远方。

看起来真阳光，不过，他真的是诺菲亚学院的人吗？

我一边吃着方便面，一边往下看，最后面是他的资料档案，只见名字一栏赫然写着三个字——韩以东。

"噗——喀喀喀——"我一口方便面喷了出来，瞪着眼睛叫起来，"这家伙就是韩以东？"

帖子下有许多留言，有赞美的，有崇拜的，居然还有告白的。

"我们家韩以东是最帅的，没有人可以比得上他。"

什么？没有人可以比得上他？

帅气有什么用，能够当公交卡刷吗？

咬着叉子，我飞快地回复了那个无知又浅薄的崇拜者："长得再帅也只是徒有其表而已。"

"嘀嘀。"

"泡泡龙"回复："什么？你说谁徒有其表？"

我挑眉，回复："韩以东！他简直就是个小丑。作为全校倒数第一，居然还公然挑衅他人。我要是他，就挖个地洞钻进去，免得出来丢人现眼。"

回复完，我就关掉网页埋头吃方便面了。

这时，QQ提示音突然响了起来，有人加我为QQ好友。

"是谁啊？"我接受了他的好友申请，然后，一个视频窗口弹了出来。

这家伙要和我进行视频聊天？

"搞什么啊?"我皱眉,然后接受了视频要求。

随着视频接通,电脑屏幕上,三个毛茸茸的脑袋晃来晃去,拼命地往前凑,其中一个圆脑袋指着我叫起来:"看见了,是个女的,包子脸。"

"喂,臭丫头,你是谁?报上名来。"另外一个指着我大吼大叫。

我疑惑地皱眉,这群家伙是谁啊?

他们在搞什么?

我们认识吗?

正想着,一只手伸过来,一拍那三个毛茸茸的脑袋,语气非常不好地说:"让我看看。"

接着,他弯腰凑了过来。

看见那张凑过来的脸,我呆住了。

这小子是从漫画里走出来的吗?

人类怎么可能长得这样帅气?

3

视频窗口里,他穿着白色衬衣,衬衣的袖子卷了起来,衣服有点儿脏,就像他刚刚在地上打了一个滚。可是即便这样,他浑身上下仍旧闪耀得就像在发光一样,帅气得让人无法忽视。

他瞪着眼睛,仔细地盯着我看,帅气的脸上突然写满不爽,他指着我,扭头问旁边的人:"确定吗?是这家伙吗?"

"没错,就是她,刚刚在论坛里骂你的就是她。"视频窗口里,圆脑袋蹦来蹦去,拼命地抻长脖子看我。

什么?论坛?他们在说什么?

等等，这个帅到极致的家伙怎么看起来这么眼熟？好像在哪里见过。

我正想着，隔着电脑，他指着我非常不客气地说："你，叫什么？报上名来？几年级几班的？"

"我叫什么干吗要告诉你啊！你们是谁？莫名其妙地加我为好友，跟我视频聊天，还在这里鬼吼鬼叫。"我不满地说。

那小子凑过来，仿佛恨不得从视频窗口钻出来似的，他指着自己问："你居然不认识我？不认识我，你还敢胡说八道！喂，你到底叫什么？给我报上名来。"

他旁边，圆脑袋蹦起来大叫："韩以东，他是大名鼎鼎的韩以东！你居然连韩以东都不认识，还敢在论坛里大放厥词！哈哈，你完了！"

什么？

这家伙是韩以东？

他居然是韩以东！

难怪刚刚我就觉得这家伙很眼熟，难怪他会生气，因为我在论坛里骂了他，所以他是来找我算账的吗？

我吓呆了，瞪着他们，没了任何反应。

"不要装傻，快点儿报上名来，你到底叫什么？哪个班的？"他指着我，不耐烦地大叫道。

我吓得一个激灵，猛然回神，手忙脚乱地要关视频窗口，手一慌，鼠标掉到了地上。

"她在干吗？"视频窗口里，他不解地扭头问同伴。

"她不会是想关掉视频窗口吧？"圆脑袋猜测道。

"不许关！你敢关试试看！"他急忙叫起来，扭头问同伴："你们截图了吗？赶快把她的样子记下来。等我找到她，她就死定了……"

我飞快地切断了电脑电源，电脑屏幕瞬间变成一片漆黑。

"吓死我了，吓死我了。"惊魂未定的我拍着胸脯念叨。

不过是在论坛里留了一句言，这群家伙居然找到了我的QQ号。等等，他们是怎么找到我的QQ号的？居然为了一条留言来找我算账，这群家伙是变态吗？

可是，他刚刚是不是看见了我的模样？我和他在一所学校，他不会真的找到我吧？

"不不不，不可能，学校那么大，不可能一下子就被他逮到啦。"我拍着胸脯，自我安慰道。

可是，我还得和他一起在这所学校待几年呢。几年的时间，在这一千多人的学校里，要找到一个人的概率是多少？

"天啊，你是在玩我吗？"我惨叫一声，抱着脑袋欲哭无泪。

因为一杯加了安眠药的牛奶，我错过了升学考试，沦为本市最差职业技术学校的学生。就在刚刚，我为我那糟糕透顶的学校生涯又添了浓墨重彩的一笔——得罪了韩以东。

因为逞口舌之快，我得罪了一个看起来像痞子一样的学生。

怎么办？

我可以申请退学吗？

4

第二天，我战战兢兢地来到学校，像做贼一样左顾右盼，生怕撞见那个叫韩以东的家伙。

"青柚姐——"

　　我那位长得有点儿傻乎乎的同桌芽芽不知道从哪里蹦了出来，挥舞着手，兴高采烈地跑过来，一脸兴奋的样子。

　　"干吗？"我不悦地问道。

　　"青柚姐，你知道吗？昨天论坛上有个人居然说韩以东是小丑，哈哈哈，太搞笑了。"她哈哈大笑。

　　"干吗？很好笑吗？"

　　她干吗笑得这么开心？那又不是什么搞笑的事情。

　　她说："当然好笑啦，那家伙居然不知死活地骂韩以东是小丑，她完了，韩以东一定会报复她的。"

　　我心里"咯噔"一下，不祥的预感越来越浓。

　　我小心翼翼地问："你觉得，以韩以东的性格，他会把那个骂他的人怎么样？"

　　芽芽说："应该不会怎么样吧，顶多就是揍一顿啦。"

　　揍一顿还叫不会怎么样？

　　这里是学校，不是武馆，就不能用文明的方式解决问题吗？

　　我心惊胆战地想着，脑子里乱糟糟的，全是韩以东揍我的画面。

　　不行，我要回家！

　　我的未来，我的人生，应该是金色的，而不是黑色的啊！

　　我毅然决然地转身就走。

　　"呃？青柚姐，这边才是去教室的路，你走错啦。"芽芽热心地拉住准备逃走的我。

　　"放开我，我不要去学校，我要离开这所学校。"我一边挣扎一边大叫着。

　　芽芽笑嘻嘻地把我往教室的方向拖去。

"青柚姐，别闹啦，我也想回家啊，可是马上就要上课了呢。"芽芽笑着说。

"放开我，我要回家！"我一边挣扎一边惨叫，却还是被她拖到了教室里。

上完早读课，教室里乱哄哄的，有人在化妆，有人在聊天，有人在过道里跑来跑去。

我咬着面包，全然不在乎那些人，只管一边吃一边安慰自己——韩以东不会找来的。

不就是骂了他一句嘛，谁会真的跑过来寻仇啊，除非那家伙脑子有毛病。

可是，很显然，那个人脑子真的有问题。

就在我自我安慰的时候，教室外传来一个咋咋呼呼的叫声："喂，你们有没有谁看到过画上的这个女生？"

"韩以东！是韩以东！"教室外那群女生兴奋地尖叫起来，然后像蜜蜂一样扑了过去。

"什么？韩以东！"我吓得惊叫一声，面包掉在了地上。

外面，被一群女生簇拥着的韩以东走过来。我吓得立刻躲在了桌子底下，紧张地望着外面。

"你们看到过画上的这个女生吗？"圆脑袋在他旁边举着一张画大声问道。

圆脑袋举的是什么东西？

不会是从视频画面里截取的我的图像吧？

他们脑袋有问题吗？就因为我骂了韩以东一句，现在居然一个班一个班地找过来了？

怎么办？怎么办？夏青柚，要是被他们抓住，你就完了。

我急得汗如雨下，躲在桌子下抱着双腿，恨不得把自己缩成一个球。我用书挡住脸，紧张地看着从教室外走过去的韩以东。

圆脑袋举着手里的画招呼大家："来来来，把这个拍下来。要是你们谁看见了画上的这个女生，记得通知我们。"

完了，夏青柚，你完了，要是被人认出来，你就完了。

呜呜，我怎么这么倒霉啊？

我欲哭无泪，暗暗哀号。

"可是，这是什么啊？就只有一个额头，这怎么看得出是谁啊？"一个女生听话地拿着手机拍照，却忍不住抱怨道。

"对啊，没有清晰一点儿的照片吗？为什么只有额头啊？还这么模糊。"另一个女生也跟着抱怨道。

什么？只有额头？圆脑袋拿着张什么照片在找我啊？

我好奇地想着，听到圆脑袋回答道："有个额头就已经很不错了，谁叫那个臭丫头突然关掉视频窗口，害得我根本来不及，就只拍下了这个额头。你们给我看仔细了，要是谁发现了这个额头的主人，一定要来告诉我们。"

什么？只抓拍到了我的额头？

也就是说，他们并没有抓拍到我的正面照片？

哈哈，天助我也。

我得意地想着，偷偷地看向外面。

教室外，韩以东被一群女生包围着，好奇地从窗户外看向里面。我吓得立刻缩成一团，用书本挡住脸。

"好了，你们要是发现了她就来告诉我。闵彦，我们走。"韩以东扭头带着圆脑袋离开了。

等到他们完全离开了，我才从桌子底下爬起来，长长地松了一口气。

芽芽跑过来，一脸兴奋地举着手机叫道："青柚姐，你看，这就是那个骂韩以东的家伙。"

她的手机里果然是一张额头的照片。

幸好他们只抓拍到了我的额头，不然我就完了。

真是死里逃生啊！

可是，芽芽这家伙干吗这么兴奋？

"有什么好看的？我没兴趣。"我不耐烦地说道，然后故意拿着书本看起来，以掩饰心虚。

教室里大家都拿着那张照片讨论着，都在寻找被韩以东"通缉"的那个出言不逊的家伙。

我心虚地竖起书本，遮住额头，生怕被人认出来。

战战兢兢地度过一天，放学后，大家欢快地叫喊着跑出教室。

踏着夕阳，我也无精打采地回家去。

地铁站里，我垂着脑袋，没精打采地站着。地铁如一条龙似的呼啸而来，车门打开后，我慢慢地走进去，站在门口，望着外面，等待车门关上。

这时，地铁里几个咋咋呼呼的声音传来。

"啊啊啊，快点儿，快点儿，要关门了。"一个焦急的声音叫着。

"等等我们，等等。"又一个声音叫着。

真好笑啊，等等你们？

地铁又不是公交车，说等就能等的吗？

我鄙夷地扭头看过去，四五个男生又蹦又跳地出现在我的视野里，跑得最快的那个人不是别人，正是圆脑袋。

"来了，鬼吼什么！"他们身后，韩以东拎着书包跑过来。

"啊——"我倒抽一口凉气，见鬼了一样睁大眼睛瞪着他们。

关门，关门，快关门！

啊啊啊，他们要冲进来了，救命啊！

这里有警察吗？

那群家伙朝我冲过来了啊！

冤家路窄！我是有多倒霉啊，世界这么大，居然在这里碰见他们。

"啊！是你！"圆脑袋看见了我，一边冲上车一边指着我叫起来。

车门外，韩以东冲过来，听见圆脑袋的话抬头看过来。见到我，他帅气的脸上写满愕然。

他也没想到会在这里碰见我。

就在韩以东冲上车的时候，车门缓缓关闭。我脑海中一片空白，在他跑进来的瞬间，我深吸一口气，抓紧书包毅然决然地跳下了车，和他擦肩而过。

我看见他瞬间瞪大了眼睛，一脸的始料未及。

"啪！"

跳下车后，我回头看身后，车门已经关上了，韩以东和圆脑袋他们在里面愤怒地拍打着车门，气得哇哇大叫。

"喂，你给我站住，你给我站在那里别动！"韩以东气得英俊的脸都快变形了。

"啊，差一点儿就抓住她了，她居然跳下去了，可恶！"圆脑袋捶着门大叫。

"哈哈哈，就凭你们也想抓住我？下辈子吧！"望着被关在车内的人，我哈哈大笑起来，做着鬼脸朝他们示威。

"大哥，她居然朝我们示威！"圆脑袋被刺激到了，指着外面的我大叫。

这时地铁已经缓缓开动了。

我得意地冲他们挥手："再见啦，你们是抓不到我的。"

"喂，喂！"韩以东拍打着门，使劲地瞪着我，然后被呼啸而去的地铁带走。

那群人也不是很难对付嘛，虽然刚刚差一点儿就被他们逮到了，还好本姑娘反应够快，虎口脱险。

运气真好。

5

我心情愉快地回家。

家里还是空荡荡的，有一个电话留言，是老爸的："青柚，爸爸今天要在公司加班，抽屉里有钱，你就出去吃饭吧。等这阵子忙完了，我就回来看你。"

我把书包丢在沙发上，面无表情地打开冰箱，拿了一瓶牛奶，转身上楼去。

打开电脑，登录QQ，我一边用吸管喝牛奶，一边怔怔地盯着电脑发呆。

窗外传来孩子兴奋的笑声和别人家诱人的饭菜香，那些东西却都是属于别人家的，而我家和冰箱里的牛奶一样，冷冰冰的。

好冷啊！

我跪坐在床上，给妈妈打电话，她的手机还是关机。我皱眉，听着手机里冰冷的声音："对不起，您拨打的电话已关机……"

"妈，你什么时候回来？"

寂静的房间里，我的声音幽幽回荡。

放下手机，我趴在床上，闭上眼睛。

眼睛一阵酸痛，眼泪掉了下来。

这样的家，我一点儿都不喜欢。

第二天，为了避免昨天那样的事情再次发生，我早早地起了床，乘公交车去上学。

鬼鬼祟祟地来到教室里，确定安全后，我把书本竖起来，遮住整张脸，然后紧张地盯着外面，生怕韩以东那群人又找来。

早读课开始后，大家拿着课本卖力地朗读着，那声音听起来就像锅里炒黄豆，噼里啪啦的。

我正背诵着《烛之武退秦师》，老师高兴地走过来，弯腰笑着对我说："夏青柚，出来一下。"

老师找我做什么？

我奇怪地放下课本，跟着他走到教室外面。

只听见老师高兴地说："夏青柚，你这次考得非常好，750分的满分，你拿了721分。这样的成绩，不仅在我们学校是全校第一，就算是在帝光学院也稳居第一名呢。我查过你的资料，你是因为错过了升学考试，才会来我们诺菲亚学院的吧！"

我点点头，不解地问："可是，老师，您找我有事吗？"

老师笑眯眯地说："是这样的，校长让我来问问你愿不愿意加入学生会。"

我皱眉，有些犹豫。

在我看来，学生会不仅对我的学习没有什么帮助，反而会占用我的学习时间，我好像没有什么加入的必要。

老师见我犹豫，耐心地解释道："其实是这样的，校长希望你能够担任

学生会主席，给大家做榜样，起到带头作用。而且，你不要小看学生会哦，这在你将来的推荐升学评估里是可以加分的呢。"

"可以在升学评估的时候给我加分？"我惊讶地问道。

没想到加入学生会还可以给我加分呢！那我以后想升入最好的学校，是不是可以考虑……

老师点头说道："是的，而且，成为学生会主席对你争取奖学金也很有好处哦。"

"好，我加入。"我斩钉截铁地说道。

奖学金我倒不是很在乎，就是可以加分的话，肯定对我以后升入最好的学校是很有帮助的。

老师笑起来，说："好，那么，我这就去告诉校长。你回去吧。"说完，他转身离开了。

我默默地走进教室，坐下来继续背书。

这时，同桌芽芽好奇地凑过来，问："青柚姐，老师找你做什么啊？"

"加入学生会。"我漫不经心地答道。

芽芽惊讶地叫起来："什么？老师让你加入学生会？"

"是啊，怎么啦？"

这有什么好大惊小怪的。

芽芽崇拜地看着我，激动地说："青柚姐，你太了不起了，居然加入了学生会。"

"不就是加入学生会吗？有什么了不起的？"我不明白她干吗这么激动。

不过，这家伙似乎不管什么事情都喜欢一惊一乍的，芝麻大的事情就能把她震惊到。

芽芽激动地说："当然了不起啦，你不知道有多少人挤破了头想要加入学生会，因为金浩可是学生会副主席啊！"

什么？金浩是学生会副主席？

"你说什么？金浩是学生会副主席？"我震惊得张大了嘴巴，不敢相信。

芽芽激动地说："真羡慕你，青柚姐，能够和金浩那样的人物在一起。"

羡慕？

拜托，我现在一点儿都不觉得有什么值得骄傲的。

学生会副主席居然是一个成绩很一般的家伙，这所学校到底是怎么回事？那种家伙居然也能成为学生会的人，而且还是副主席？

"他居然是学生会的人？"

我震惊了，不，与其说震惊，不如说是愤怒。

在我的世界观里，这个世界是优胜劣汰，充满竞争的。适者生存的规则里，金浩和韩以东这样的家伙就应该处于生物链的最底端。

可是，他们，一个被誉为"诺菲亚王子"，一个居然是诺菲亚学院的学生会副主席。这所学校的人怎么了？

我决定，一旦我成为学生会主席，第一件事就是清理门户！

那些乱七八糟的家伙，休想在我的地盘上浑水摸鱼。我的名单里绝对不允许这样的家伙存在！

芽芽奇怪地问："学习不好就不可以加入学生会吗？"

当然不可以加入，不，与其说不可以加入，不如说不能存在。

可是，现在我更在意的是，他到底是怎么成为学生会副主席的？

6

不得不说，学校的办事效率很高。升完国旗后，校长就准备宣布我进入学生会的事情，老掉牙的开场白说完后开始进入正题。

"这一次的月考成绩大家有目共睹，一年级一班夏青柚同学以傲人的成绩名列榜首，希望大家能够向她学习。同时，我在这里向大家宣布，一年级一班夏青柚同学正式加入学生会，以出色的能力担任学生会主席一职。现在，请一年级一班夏青柚同学上来讲话。"校长话音刚落，主席台下就掌声雷动。

我在一片掌声中走上讲台。

校长把话筒递给我。我面无表情地面对大家，说道："谢谢！从前的学生会是怎样的我不知道，但是，我可以跟大家保证，从今往后，大家将会看到一个脱胎换骨的学生会。"

简短而铿锵有力地说完，我把话筒递还给校长。

校长赞赏地朝我点点头，然后面对大家，说道："好，讲得非常好。希望在夏青柚同学的领导下，学生会越办越好。"

校长正讲着，台下，人群里，圆脑袋突然惊叫一声，指着我蹦起来，大声叫道："啊，是他！"

顿时，全场一片骚动。

大家纷纷扭头看圆脑袋，又扭头看我，不知道发生了什么。

人群里，韩以东双手插在裤子口袋里，懒洋洋地扬起头，漂亮的眼睛微微眯起，漫不经心地看着我。

圆脑袋在他旁边又蹦又跳，指着我大叫："就是她，在论坛上骂韩以东的就是她。"

看见韩以东他们，我的眼睛陡然瞪大。刹那间，我的脑海里一片空白，双手用力地握紧，脑子里只有两个字："完了。"

我居然忘记了，那家伙跟我一所学校。

我居然忘记了，上主席台讲话就意味着把自己暴露在他面前。

我居然忘记了，他们会轻而易举地发现我。

苍天啊，降一道闪电劈死我吧！

"是她？骂韩以东的人就是她？"

"难怪她那么嚣张，原来是全校第一。成绩好就了不起啊？那么嚣张，太讨厌啦。"

"滚下去，谁要你当学生会主席啦！成绩好就了不起吗？成绩好就可以骂人吗？我们才不接受你呢。"

台下，一群女生愤怒地叫起来，挥舞着手臂，叫嚷着要我滚下去。

我不知所措地望着她们。

她们愤怒地叫着挤上台来，拽住我就往下面扯。

"你们干什么？都给我回去！"校长慌忙拉住我，急得跺脚大叫。

可是愤怒的人群已经失去了理智，我被她们推来扯去。

就因为我骂了韩以东，所以她们这样厌恶我？

为什么？

为什么会这样？

我到底做错了什么？

我茫然地望着这群愤怒的人。

这时，一个尖叫声在我耳边响起。

一个娇小的身影奋力推开众人，挡在我前面，是我那个看起来傻乎乎的同桌——芽芽。

"你们有病啊！放开她，她做错了什么吗？她说错了什么吗？你们为什么这么对她？"芽芽愤怒地叫着，像母鸡保护小鸡般把我护在身后。

"她骂韩以东。"一个女生愤怒地叫起来。

"没错，以为自己成绩好就可以随便骂人吗？"旁边的女生跟着附和。

芽芽叫起来："她说错了吗？韩以东本来就学习不好，不是徒有其表是什么？"

"臭丫头，你活得不耐烦了，你居然也敢骂韩以东？"大家被芽芽激怒了，愤怒地叫起来。

"围住她！"大家叫喊着，包围了芽芽。

老师们在一旁大叫着扯开她们，焦急地喊道："不要滋事！不要滋事！"

"放开芽芽！"我愤怒地叫起来，冲进去保护芽芽。

人群乱成一团，我的学生会主席就职仪式就在这闹剧里落幕。

最后学校的保安纷纷跑了过来，把纠缠在一起的众人拉开了。之后，所有人都被带去保卫科反省。我和芽芽则披头散发，像疯子一样回到教室。

"可恶！可恶！实在是太可恶了！那群人简直是疯了，居然把我围了起来，一点儿都不把校长放在眼里。"芽芽生气地叫着。

因为情绪太激动，牵扯到了被弄伤的嘴角，疼得她嗷嗷惨叫："疼，疼，疼。"

"别乱动，你嘴角受伤了。"

我按住她，给她贴上创可贴。

她眨眨眼望着我，问："青柚姐，骂韩以东的人真的是你吗？"

"是啊。"贴好创可贴，我泄气地说道。

早知道会这样，当初就不在论坛里乱说话了。

"好棒！"芽芽激动地抱住我，两只眼睛都快发光了，"青柚姐，你好棒！"

这家伙又在莫名其妙地激动什么？

"有什么厉害的？你干吗这么激动？"我被她弄得莫名其妙，一头雾水。

芽芽激动地说："青柚姐不仅成绩第一，而且超级勇敢，连韩以东这样的家伙都不怕！敢于挑战韩以东，青柚姐，你好勇敢！"

我不屑地撇嘴，不过是骂了韩以东一句，有她说的这么夸张吗？

芽芽接着说："要知道，全校没有一个人是韩以东的对手。听说他曾经以一挑十，仅凭气势就把那些人吓跑了！"兴奋的芽芽说到一半，突然好奇地问道，"呃，青柚姐，你的手怎么在发抖？"

以一挑十？

仅凭气势就把那些人吓跑了？

他到底是不是学生啊？

他是不是进错了学校啊？

为什么这么危险的家伙跟我读同一所学校？

为什么没有人告诉我这家伙不能招惹？

"咯咯咯。"

"什么声音？"芽芽握着我的手，好奇地竖起耳朵问。

"咯咯咯。"

这是我牙齿打战的声音。

"芽芽啊，你觉得我现在去道歉还来得及吗？"我声音发抖，带着哭腔无力地问。

我可不想惨死在这所学校。

芽芽为难地歪着脑袋说："可是，听说韩以东超级小气，出了名的有仇必报。"

呜呜呜，我要转校！

第二章

CHAPTER

控制时空的手表

02

CALLING TIME'S GIRL

1

早知道这样，当初就不应该在论坛里逞口舌之快，惹火了那个不能得罪的人！

早知道这样，当初就不应该答应老师，做什么学生会主席！

早知道这样，当初就不应该上主席台演讲！

现在，一切都完了。

"青柚姐，不用担心啦！现在是在学校，要是他们敢把你怎么样，我就去找老师。再说了，我会保护你的，所以不用害怕。"芽芽说着，用力地一拍胸膛，灿烂地笑起来，露出洁白的牙齿。

"谢谢你，芽芽。"我感动地说。

可是，我一点儿都不觉得芽芽那豆芽菜一样的身板能保护得了我。

我在战战兢兢里度过了一整天，韩以东那群人居然没有来找我。

放学了，一天又结束了，大家像往常一样，背着书包往校门口走去。

我不安地收拾着东西，警惕地张望四周。

芽芽一边收拾着书包，一边好奇地问："青柚姐，你在看什么？"

"芽芽，你不觉得奇怪吗，今天韩以东居然没有来找我。"我警惕地盯着四周，时刻提防着韩以东那群人会从某个地方蹦出来。

芽芽猜测道："可能是忘记了吧，也有可能是他决定放过你了。"

"你不是说那家伙睚眦必报，很小气吗？他会放过我？"我不相信地睁大了眼睛。

芽芽歪着脑袋想了想，认真地说："他一定是被青柚姐的勇气打败了，害怕了，所以不敢来找青柚姐了。"

芽芽，你的脑袋里装的都是些什么东西？像韩以东那样的家伙，你觉得他会被勇气这种东西打败吗？你是童话故事看多了，还是动画片看多了？

我无语地望着她，彻底被她的天真打败了。

"好啦，别想这些了。青柚姐，今天去我家吃饭吧，我老爸和老妈超级想见你呢。"芽芽一脸期待地双手合十在我面前扭来扭去，"去吧去吧，去我家吃饭吧。"

我奇怪地问："你爸妈为什么想见我？"

芽芽夸张地叫起来："因为你超级厉害啊，成绩超级好，长得超级漂亮，而且超级有勇气，我老爸老妈超级想要见你。"

呃，这家伙在她爸妈面前到底是怎么介绍我的？

"好吧，反正我回家也很无聊。"我说着，背好书包往教室外走去。

身后，芽芽激动得蹦起来，高兴地大叫一声："万岁。"然后风风火火地跑过来，围着我像只小狗一样欢快地又蹦又跳。

真羡慕芽芽，总是无忧无虑，那么开心的样子。

我笑着和芽芽走出学校，沿着马路准备去坐地铁。

这时，三辆山地车像风一样快速冲过来，拦住了我和芽芽的去路。

"干什么？你们是谁？"我警惕地把芽芽挡在身后，瞪着他们问。

为首的那小子穿着一件黑色外套，里面是白色的T恤，脖子上挂着一条黑色项链。

他一把取下头盔，一脸得意地说："夏青柚。原来你叫夏青柚。你知道

我找你找得有多辛苦吗？一年级一班的夏青柚，学生会主席，哼！"

韩以东！

看到他，瞬间，我像见鬼了一样倒吸一口凉气，瞪大了眼睛。

芽芽在我身后指着他兴奋地叫起来："啊，是韩以东！"

拜托，芽芽，搞清楚现在是什么状况再兴奋好不好？这家伙可是来寻仇的！

我就知道，我就知道他不会轻易放过我，我就知道！

"芽芽，快跑！"我猛然反应过来，大叫一声，拉着芽芽转身就跑。

"给我抓住她！快点儿，都给我下车！"见状，韩以东大叫一声跳下车来。

他身后，那群坐在山地车上的家伙慌慌张张地下车，一个个顶着头盔追过来。

大街上，我拉着芽芽拼命地奔跑。

累死我啦，为什么那群人戴着头盔还能跑那么快啊？

我身后，韩以东生气地大叫着，想要抓住我："你给我站住！夏青柚，你给我站住！"

"啊——救命啊——"

他就在我身后，我能感觉他的手指已经碰到我的头发了。

呜呜呜，救命啊！

我使出吃奶的力气狂奔。

他一伸手，抓住了我的头发，系着头发的橡皮筋立刻崩断了。我的一头长发披散开来，随风打在他的脸上。

他咒骂一声，另一只手抓住了我的衣领。我被拽得一个趔趄往后倒去，撞进他的怀里，他被撞得一个趔趄倒在地上。

"啊！"他惨叫一声，痛得龇牙咧嘴。

"大哥，你没事吧？"圆脑袋和那群戴着头盔的家伙气喘吁吁地跑过来。

韩以东脸色苍白地躺在地上，痛得五官都扭曲了。

"放开我，放开我。"我挣扎着想要爬起来，头发却缠在了他的项链上。

"青柚姐，你没事吧？放开青柚姐，你们这群坏蛋！"芽芽挥舞着书包大叫着冲过来，却被圆脑袋一把挡住了。

"你这个臭丫头，给我在一边安静地待着去。"圆脑袋说着，把她丢给了旁边的手下。

因为头发缠在了韩以东的项链上，我不能起来，只能趴在他身上，急得满头大汗。

"从我身上滚下去！"他不耐烦地叫。

"我的头发被缠住啦！"我生气地吼。

旁边，圆脑袋和他的那群跟班像白痴一样看着我们。

芽芽指着项链叫道："头发缠在项链上啦！"

我和他倒在地上，我趴在他怀里，这样的姿势看起来要多暧昧就有多暧昧。

可是对我来说，是要多倒霉就有多倒霉。

路上的人指着我们议论纷纷，居然有人拿出手机，对着我们一顿猛拍。

呜呜，有没有搞错？这群家伙有没有同情心？

"看什么看？闵彦，有没有剪刀？"被人围观，韩以东更加暴躁了，对圆脑袋叫起来。

什么？剪刀？他要剪掉我的头发吗？

"不可以，不许动我的头发！"我如临大敌，抱住脑袋叫起来。

"你没有说话的资格！闵彦，把剪刀拿过来！"他挥着手冲圆脑袋大叫。

圆脑袋慌忙翻书包，翻了半天说："大哥，我没有带剪刀！"说完，他扭头问跟班们："喂，你们谁带了剪刀？铅笔刀也行。"

跟班们纷纷摇头，说："我们又不是女的，上学带什么剪刀。"

圆脑袋问芽芽："喂，你呢？你有剪刀吗？"

芽芽摇头："没有。"

呼，幸好大家都没有剪刀，否则我的头发就遭殃了。

我松了一口气，可是下一秒，芽芽那个笨蛋就举起钥匙扣上的指甲剪问："指甲剪可以吗？"

芽芽！

我泪流满面，无语凝噎。

"不管了，快点儿给我把这个女生弄开。"韩以东不耐烦地叫着。

"不可以，不许动我的头发！"我护着头发，抓住他的项链要跑。

"啊啊啊！"他被我拽得惨叫一声，捂着脖子，痛苦不已。

"住手住手，你在做什么？快点儿住手，我的脖子！"他嗷嗷惨叫。

2

正在这时，一群女生走过来。为首的女生穿着深蓝色的校服，里面穿着一件白色的衬衣，身材简直称得上完美。

她顶着一头海藻般浓密的卷发，手指上涂着五颜六色的指甲油，漂亮的脸蛋上搽了厚厚一层BB霜，粉红的嘴唇莹润得像要滴出水来。

美丽又妖艳的女生。

芽芽是这么评价她的。

看见倒在地上的我和韩以东，她惊讶地停下来，问："以东，你们在做什么？"

看见她，韩以东脸色一变，微微抿紧了唇，不想回答她。

圆脑袋说："大哥的项链和她的头发缠在一块了。"

她说："哦，这样啊，我有办法。"

说着，她抬起手。旁边给她拎着书包的女生急忙把书包递给她。她埋头翻了一会儿，终于从书包里翻出一把手工剪刀来，然后大步走过来，一把抓起我的头发。

"你要做什么？不要啊，我的头发！"我吓得大叫起来，挣扎得更加厉害了。

她抓着我的头发，冷漠地看着我，说："你不要乱动哦，剪刀可没有长眼睛！要是剪到你的耳朵，我可是不管的哦。"

我吓得立刻不敢动了。

"咔嚓"一声，她剪断了我的头发。

我的头发……

"青柚姐！"芽芽吓得大叫一声。

我被圆脑袋抓起来，头发有一部分短了一大截，变得很奇怪，我快要哭了。

可是，不能哭！夏青柚，这没什么大不了，没有什么可以打倒你！不能被这么一点点的挫折打败，不可以向这群欺负你的人示弱！

我忍着泪，愤怒地瞪着他们，大叫道："你们到底想怎么样？"

韩以东站起来，扯掉缠在项链上的头发。

那个剪掉我头发的女生冲他露出迷人的笑容，喊他："以东。"

韩以东从她面前走过，像没看见她一样，抓住我就走："你跟我走。"

"放开我，韩以东，放开我！"我被他拽着往回走，挣扎着要甩开他。可是不管我怎么挣扎，他抓着我的手就是不放开。

他到底想怎么样？

他会怎么对付我？

"青柚姐！放开青柚姐！"芽芽被那群跟班按住不放，她焦急地叫着。

"韩以东。"身后，那个剪掉我头发的女生似乎没想到韩以东会直接无视她，愤怒地叫起来。

"惠美姐，谢谢你，我们先走了。"圆脑袋说着，急匆匆地跑过来，追上我和韩以东。

惠美？

那个剪掉我头发的人就是被誉为天才舞蹈少女的惠美？

我曾经听过她的名字，听说她从小就特别会跳舞，尤其是芭蕾舞跳得非常好，小小年纪就获得过亚洲芭蕾舞比赛少年组第一名。

可是，电视上那个完美的人真的就是身后的那个惠美吗？这个剪掉我头发的人，居然就是那个天才舞蹈少女！

瞬间，我对这个所谓的天才舞蹈少女的印象差到了极点。

"上车。"韩以东把我拽到他的山地车前，态度恶劣地命令我上车。

"不要。"我坚决抵抗。

山地车本来是没有后座的，天知道他这车子怎么还装了个后座！

我才不要上车，谁知道他会把我弄到什么地方去。

他不理会我，一屁股坐上车，说："你要是不上车，我就用绳子把你捆在后面拖着跑。"

我恨得咬牙切齿，狠狠地瞪着他，心不甘情不愿地爬上车。

他飞快地骑着车，穿过大街小巷，穿过车水马龙，最后往偏远的郊外驶去。

"韩以东，你要带我去哪里？"

我开始感到害怕了，四周的人越来越少，房屋也越来越少，他要带我去哪里？

他没有回答，只是更加卖力地蹬车。"咻"的一声，车子从荒无人烟的小路上驶过。

车速好快，我吓得慌忙抱紧他。

这家伙知道他骑的是山地车吗？

这不是摩托车，更不是飞机啊！拜托你慢一点儿！

他骑得太快了，我感觉我的灵魂都快要被拽出来了。就在我以为自己快要飞起来的时候，他猛然停了下来。

因为惯性，我整个人贴在了他的后背上，撞得生疼。

跟在后面的圆脑袋等人也停下来，哈哈笑着围着我们转。

韩以东扭过头，冷冰冰地对我说："下去。"

我双腿有些发抖，跳下车来，不知道他们要对我做什么。这里荒无人烟，就算我喊破嗓子也不会有人来救我。

我害怕地望着他们，倔强地抿紧了嘴巴。就算我害怕得快要站不稳了，也绝对不能让他们知道。

我要坚强，我要撑住。

因为害怕，我握紧了拳头，给自己打气，告诉自己，不要害怕。

我正想着，韩以东奇怪地问："你紧张什么？你不会以为我大老远把你带到这里来，就是为了揍你一顿吧？"

"哈哈哈，她在想什么呢？"圆脑袋和跟班们哈哈大笑起来。

什么？

他们不是要揍我？

可是，肯定也不是请我吃饭。

那他们要对我做什么？

心里的不安更加强烈了，我下意识地后退，攥紧了拳头问："你们到底想怎么样？"

韩以东不屑地说："我还没有差劲儿到会对一个女生动手。你运气好，我不打女生，不过让你从这里走回家估计也够你受的，你就慢慢走吧！记住，你得走快一点儿！听说这一带天黑后，有野狗、流浪汉出没，你好自为之吧！"

说完，他再次骑上车子，一溜烟地远去了。

"第一名，你多保重。"圆脑袋他们哈哈笑着，跟着扬长而去。

尘土飞扬的小路上，我一脸呆滞地望着他们远去的身影，脑筋有些转不过来。

"什，什么？"我呆呆地问。

他们把我弄到这里来，就是为了让我自己走回家去？

3

我扭头看向身后，茫茫的一片荒野；看向前面，羊肠小道通往城里，不知道要走多久才能到达。

"可恶！"我气得大叫一声，冲着他们消失的方向大骂，"该死的韩以东，我诅咒你半路爆胎！"

"可恶！可恶！"我一边愤愤地叫着，一边认命地往回走。

夕阳西下，灰头土脸的我走在回家的路上。一开始还不觉得有什么，可是走着走着，天色越来越暗，想到韩以东说的那些话，我不禁紧张地扭头看周围。

要是真的碰到野狗和流浪汉怎么办？

这样想着，我加快脚步跑起来。

不知跑了多久，天彻底黑下来，我终于气喘吁吁地跑到了灯火通明的大街上。可是，从这里回家还有一段距离。

我筋疲力尽地扶着楼梯扶手走上天桥，站在天桥上喘气。这时，我的手机响了起来，是芽芽打来的电话。

"青柚姐，你在哪里？你没事吧？我打电话给你，却一直回复不在服务区。你究竟跑到哪里去了？他们没对你怎么样吧？"电话一接通，芽芽就紧张地问道。

我有气无力地说："我没事，之前在郊区，信号不好。芽芽，你没事吧？"

"我没事。他们没把你怎么样吧？青柚姐，我们报警吧。他们太可恶了。"芽芽激动地叫着。

我说："我没事，他们没有把我怎么样。我好累，不跟你说了。"

"青柚姐，你在哪里？我让我爸开车去接你。"芽芽担心地说。

我好累，现在我只想回家洗个澡，然后睡觉。

我疲惫地说："谢谢你，芽芽，我没事，不用了，我快到家了，明天见。"

说完，我挂断了电话。

夜风在城市里游荡。我站在天桥上，望着霓虹灯闪烁、璀璨绚丽的城

市，无力地坐下来。

一群人从天桥上走过，看见我纷纷低头笑起来，捂着嘴低声说："唉，看那个女生，发型好搞笑哦。"

"嘻嘻，是啊，这个样子也敢在街上晃悠，真难看。"

她们嘲笑地望着我，议论纷纷，走下天桥去。

我茫然地抬手摸了摸被剪掉的头发。脚下，一辆辆汽车呼啸而过。一阵晚风吹来，吹散我的头发。身后，一位妈妈抱着孩子走过去，两人欢笑着。我扭头看他们，心骤然像破了一个洞，风一吹，凉凉的，好疼，好冷。

"吧嗒。"

一滴泪掉在地上。我抬手抹眼泪，可是它们像顽皮的豆子一样，不依不饶地一颗接一颗往下滚。

我拼命地抹掉它们，抹着抹着，我崩溃地捂住眼睛大哭起来。

不管我有多优秀，不管我有多努力，我却连最卑微的温暖也无法抓住。

我不要全校第一，我不要最优秀，我只想有个人陪我吃饭，和我聊天。遇到危险的时候，他能够第一时间出现；伤心难过的时候，他能够安慰陪伴我。

可是，他们太忙了。

忙着工作，忙着事业，忙着赚钱，忙着生活。

他们是我最亲的人，可是他们的事业里没有我，他们的生活里没有我。

不管我有多努力，不管我有多优秀，却什么都无法改变。

"呜呜呜……"

我哭着抱紧自己。

就算孤独，就算受伤，我也得不到一个温暖的拥抱，得不到一句贴心的安慰。不管发生什么，我都要自己一个人疗伤，一个人咬牙坚强面对。

老天啊，如果这个世界上真的有奇迹，那就让我改变命运吧，让我结束这漫长的悲伤。

"烦死了，真是的，就不能让我好好地睡个觉吗？"我旁边，身上盖着报纸正在睡觉的流浪大叔醒过来。

我含着泪茫然地望着他。

他抓起身旁那顶黑乎乎、脏兮兮的帽子戴在头上，身上的报纸掉下去。他穿着一件黑色的西服，打着一条宝蓝色的领带，里面穿着一件灰色的衬衣。明明是个流浪汉，可是看起来很优雅的样子。

"你在哭什么？"他打了一个哈欠，满脸的胡子，看起来已经很久没有刮了。

我抹掉眼泪，说："对不起，我不知道你在睡觉。"

他挠了挠满是污垢的脸，满不在乎地说："没关系，可是，这么晚了你不回家，在这里哭什么？"

我难过地垂下眼帘不说话，眼泪又要往下掉。

他凑过来，抓起我被剪得乱七八糟的头发说："头发怎么变成这样了？哦，我明白了，你被欺负了，是不是？"

我哽咽着不说话。

他笑起来，说："不要哭，来，大叔给你一个好玩的东西。"说着，他像变戏法一样从我耳朵后面变出一块漂亮的手表来，"你看这是什么？"

"哇，好厉害。"

我惊呆了，他是怎么做到的？

他笑吟吟地把手表戴在我的手腕上，得意地说："厉害吧，更加厉害的在后面呢！注意看着你的手表，低头，看着它。"

他要做什么？

他是变魔术的吗？

我好奇地盯着手表。这是一块石英表，表盘很大，有点儿重。表带和表盘都是酒红色的，里面的指针和齿轮是银色的，看起来既大气又时尚。

表盘里的齿轮转动着，指针静静地走动。

大叔笑着伸手，轻轻地按下旁边一颗宝石按钮，"咔嚓"一声，指针和齿轮都停止转动了。

呃？就这样？没有其他的了吗？大叔的魔术就这样结束了吗？

我一头雾水，疑惑地抬头问："大叔，就这样吗？"

他笑眯眯地站起来，张开手臂问："这样还不够吗？看看吧，这是多么神奇的事情。"

什么？

我茫然地站起来，扭头看四周。

接着，我呆住了，然后震惊地跑过去，趴在天桥栏杆上往下看。

哇，大家都定住了！

时间停住了！

整个时空停止了！

4

面前的世界变得静悄悄的，一点儿声音都没有，刚才的喧闹仿佛是一场错觉。

整个人流涌动的城市瞬间就停止了，就连灯光也变成一束束细小的光凝在那里，一动不动。

我震惊地扭头看身后，风吹起的报纸停在半空中，路上的行人保持着走动的姿势，谈笑的人们脸上保持着欢笑的表情……

总之，所有的一切都停住了。

"这是真的吗？我是在做梦吗？"

我不敢相信地跑起来，跑下天桥，跑到行人身旁，挥手在他们面前晃动，他们就像木偶一样静止不动。

天桥上，大叔笑眯眯地走下来，问："好玩吗？"

说完，他拿起我的手，再次按动手表上那颗红色的宝石。

"咔嚓！"

齿轮开始转动，指针开始走动，街上的声音突然响起，行人开始走动，被风吹起的报纸落下来，灯光闪烁，汽车呼啸而过……

一切的一切就像是录像带的静止和播放一样，被这块神奇的手表操控着。

"这，这是真的吗？"我震惊地望着四周。

这是真的吗？

这块手表居然可以操控这个世界！

大叔到底是做什么的？

这块手表到底是怎么回事？

他怎么会有这个东西？

"大叔，这到底是怎么回事？"我震惊地回头问。

可是身后，大叔早已消失不见。

"呃？大叔？大叔，你在哪里？"我大叫起来，慌忙跑上天桥，四处寻找他的身影。

可是，灯火辉煌的街上哪里还有他的身影。他就像童话故事里的精灵一样，带着谜团出现，又带着谜团消失不见。

他留给我的是一块神奇的手表。它可以让时间停止，让整个世界停止。

这太不可思议了，简直就像是做梦一样！

我感觉一切都这么不真实，不敢相信地再次按下了按钮。一瞬间，世界变得安静了，整个世界都停止了运动。

我惊讶地张大嘴巴，再次按下按钮，世界又恢复了正常，仿佛什么事情都没有发生过一样。

"这是真的吗？简直像是在做梦。"我不敢相信地捧着手表惊呼。

你绝对不会相信，我居然拥有了一块能让时空停止的手表。

这实在是太神奇了！

"哈哈哈，我可以控制时间了。"我捧着手表高兴地跳起来，站在天桥上，挥舞着手臂，冲那可爱又神奇、早已消失不见的大叔喊道："谢谢你，大叔，谢谢！"

我拥有一块神奇的手表，我可以让时空停止运动。

拥有这样一块神奇的手表，我就可以在遇见韩以东的时候迅速地按下按钮，然后趁机逃走。

没错，从此以后，我再也不用害怕韩以东了。

不不不，有了这块神奇的手表，我为什么还要躲避韩以东？他根本就不是我的对手啊，我可以随心所欲地让时空停止啊！

"哈哈哈，韩以东，我再也不怕你了，尽管放马过来吧！"我挥舞着手表，兴奋地叫嚷起来。

因为这块神奇的手表，我再也不害怕韩以东了。不，应该说，从今往后，韩以东要害怕我了。

我，夏青柚，一定要一雪前耻，让韩以东那群人知道，得罪我夏青柚，他们的下场会很惨。

回家的路上，我去了理发店，把一头漂亮的长发剪成了可爱的娃娃头。镜子里的我皮肤白里透红，眼睛明亮有神，唇角微微上扬，自信又美丽。

"哇，这个发型很适合你哦，真好看。"理发的阿姨惊叹地夸奖道。

我笑起来，漂亮的眼睛笑成一弯新月。

虽然惠美剪掉了我的头发，可是她做梦也想不到，正好趁机换个发型的我会变得更加漂亮，更加自信。

虽然韩以东把我丢在了荒郊野外，可是他做梦也想不到，我会遇到一个神奇的大叔，得到一块可以让时空停止的手表。

哼，韩以东，跟我斗，你就等着接招吧！

5

第二天，我戴着手表，心情愉快地上学去。我下了地铁，走进学校，大大方方地走入教室。

没错，我不再害怕韩以东了，甚至这个时候，我更希望能够看见他。真想看看时空停止后，他落在我手里时，会有什么表情。哦，我忘记了，因为时空停止了，所以他不会有表情。

但是，我超级想知道，他莫名其妙被我戏弄一顿后会是什么表情。他会知道是我做的吗？

哈哈，他一定不会知道。

只是这样想着，我就超级想要见到他，已经迫不及待了。

"青柚姐，昨天你没事吧？"芽芽拎着书包像风一样跑进来，一脸紧张地问。

我心情明朗，笑容灿烂地说："没事啊。"

芽芽一脸奇怪地盯着我，突然摸了摸我的额头，狐疑地问："青柚姐，你没事吧？"

我愉快地说："我没事啊。对了，芽芽，韩以东是几班的？"

芽芽一脸惊吓地张大了嘴巴，瞪着我，结结巴巴地说："他，他在一年级三班。青，青柚姐，你真的没事吗？"

我笑眯眯地说："没事，你放心吧，我好得很。"

有事的人应该是韩以东。韩以东，这一次，你可是惹到了不好招惹的夏青柚，你的麻烦要来了。

我阴阴地笑着，愉快地摸了摸手表。我已经迫不及待地想要见到他了。

芽芽一脸见到鬼的表情瞪着我，像不认识我一样打量了我半天，最后一把抓住我的手，一脸悲戚地说："青柚姐，我知道那群人很过分，你想哭就哭吧。"

"我为什么要哭？"我整理着书本，不解地问。

我觉得要哭的人应该是韩以东。

芽芽说："你的头发被弄成这样了，那群人太可恶了。"

我笑着说："没关系，你不觉得我这个样子更加好看了吗？"

"这倒是。"芽芽点头赞同，末了趴在桌子上好奇地问："可是，青柚姐，你真的一点儿都不难过、一点儿都不伤心吗？你真的没有被他们刺激到吗？你真的没有疯掉吗？"

我说："没有啊，我为什么要伤心？还有，芽芽，你要相信，任何事情都无法将我打败。像韩以东那样的人，还不能让我疯掉。"

芽芽不解地瞪大了眼睛，说："既然没有疯掉，那你干吗问韩以东是几班的？你不是要去找他算账吗？"

我撑着下巴，说："是啊，有什么问题吗？"

我一定会去找韩以东算账，可是，我要怎么教训这个臭小子呢？

芽芽叫起来："青柚姐，你别傻了，你是打不过他的，你这是去白白送死。"

我笑起来，自信满满地说："你放心吧，我不会输给那个人的。"

"青柚姐，你别傻了。"芽芽紧张地劝我，让我不要去找韩以东的麻烦，唯恐我被韩以东欺负了。

可是，她不知道，现在，在时间面前，我才是主宰者，我才是女王。

拥有可以让时空停止的手表的我，没有人可以阻挡，谁也不是我的对手，包括韩以东。

6

早读课结束后，我就往一年级三班走去，去找韩以东。

芽芽紧张地跟在我后面，苦苦哀求我跟她回去，让我不要去找他。

在她眼里，我在韩以东面前就是一只任人宰割的兔子，而韩以东是诺菲亚学院最不可得罪、最了不起的王。

可是她不知道，现在，一切都将改变。

我和她走到韩以东的教室外面，教室里，韩以东和一群人聚在一起，不知道在聊什么。

圆脑袋说着说着哈哈大笑起来，圆溜溜的脑袋晃啊晃。突然，他一扭头，看见了我。

他指着我顿时大叫起来："呃，夏青柚！大哥，夏青柚来了！"

教室内，韩以东扭头看来。

见到我，他英气的眉毛微微一挑，挑衅地打量我，然后站起身来，从容

又优雅地走过来，嘴角微微上扬，带着轻蔑又帅气的坏笑凝视着我。

扑通。

莫名其妙地，我的心开始紧张地乱跳，不由自主地后退一步，想要避开他。

怕什么，夏青柚？你在怕什么？现在你拥有一块可以让时空停止的手表，只要你按下按钮，韩以东就如同砧板上的肉，任你宰割。

没错，我为什么要害怕？

现在，应该感到害怕的人是他，韩以东！

这样想着，我鼓起勇气，深吸一口气，昂首挺胸，轻蔑地看着眼前这个虽然帅气得令人妒忌，骨子里却小气、睚眦必报、坏脾气的家伙。

"韩以东，我给你一次机会，向我道歉。"我鼓起勇气傲慢地说。

韩以东一脸见到鬼的表情，好像没有听懂一样，看看我，又扭头看看跟过来的圆脑袋，好笑地说："喂，闵彦，她刚刚在说什么？我没有听见，她说什么来着？"

那群跟班哈哈笑着，像看小丑一样看着我，说："夏青柚，你脑子没有坏掉吧？你居然叫韩以东跟你道歉？哈哈哈，笑死人了。"

"这女的肯定是脑子坏掉了。让韩以东跟你道歉？喂，你在做梦吗？"他们哈哈大笑，仿佛听了什么可笑的话一样。

圆脑袋摇摇晃晃地走过来，站在我面前，突然俯身，脸一下子凑过来，恨不得把整张脸贴在我的脸上。

他怪模怪样地笑着说："夏青柚，你居然叫大哥跟你道歉？"

"你干什么？走开！"芽芽叫起来，用力地推开圆脑袋。

圆脑袋哈哈笑着举手走开，走到韩以东身旁笑嘻嘻地说："大哥，怎么办？她叫你跟她道歉呢。"

韩以东不屑地嗤笑一声，掏了掏耳朵，歪着脑袋说："喂，夏青柚，你刚刚说什么？我没有听清楚。"

忍住，忍住，夏青柚，没必要跟这群人一般见识。

我深吸一口气，表现出我最大限度的宽容和优雅来，抬起戴着手表的手腕，微笑着对他说："韩以东，我已经给过你一次机会，现在，后悔吧！"

说着，我抬起手要去摸手表上的宝石按钮。只要我按下那个按钮，韩以东，你就完了，看我怎么修理你。

我像一只优雅的猫，准备狩猎，从容又傲慢地看着眼前的猎物，准备按下按钮。

"啪！"

他突然伸出手抓住我戴着手表的手腕，扬眉问："夏青柚，你是在挑衅吗？"

呃？他，他干吗抓我的手？

放开我的手，我要按按钮，我要让时空停止，我要教训你！韩以东，放手啦！

"放开我，韩以东。"我气急败坏地跳起来，挣扎着想要按下宝石按钮。

他抓着我的手举得更高了，恨不得把我拎起来。

我踮起脚挥舞着手要按按钮，急得满头大汗。

天啊，为什么这个人会抓住我的手？

放开我啊，我要按下那个按钮，我要让时空停止！我要让你知道，惹火我夏青柚会是什么样的下场！

你长得高了不起啊？

呜呜呜，我碰不到手表了。

　　"放开我，韩以东。"我气急败坏，又蹦又跳，努力地想要够到手表。

　　他说："夏青柚，你知道惹火我会有什么下场吗？"

　　呃？这不是我的台词吗？

　　他的脸越靠越近，我吓得往后倒去，身体快弯成一张弓了。

　　就在我弯到极限快要倒下的时候，他停下来，薄唇微微张开，冷笑着说："我会让你知道什么叫后悔。"

第三章

CHAPTER

反击吧，夏青柚

03

CALLING
TIME'S GIRL

1

教室外的走廊上人来人往，大家纷纷好奇地扭头看向我们这边。

我瞪大了眼睛盯着他，问："所以，你是要揍我吗？"

因为拥有一块可以控制时空的手表，我觉得韩以东绝对不是我的对手，可是我没有想到，他会在我还没出手之前就扼住了我的命脉——戴着手表的手。

我突然意识到一个问题，如果这家伙一直抓住我的手不放，那我根本就没有机会去按下按钮。

所以，待会儿他要是打我，我还是打不过他。

神啊，为什么会变成这样？

"你可以猜猜看。"他说。

根本不用猜，肯定不会有什么好下场。

我沉着脸，努力地告诉自己，冷静，夏青柚，你需要冷静，现在是发挥你的聪明才智的时候，绝对不能被这家伙揍一顿啊！

"韩以东，我才不怕你，有本事你松开我，我们单打独斗。"深吸一口气后，我鼓起勇气说道。

我就不相信，手表在手，我还打不过他。

这时，四周的人哈哈大笑起来，特别是圆脑袋。他夸张地叫道："单打独斗？你们听见了吗？这家伙居然要和韩以东单打独斗。哈哈哈，我没有听错吧？"

说着，他凑过来问我："就凭你，居然敢挑战我大哥韩以东？"

韩以东松开我，哈哈大笑起来，然后突然收起笑脸，好像受到什么莫大的侮辱一样对我说："喂，夏青柚，你该不会觉得我打不过你吧？"

这个野蛮的人，这里是学校，又不是战场，他不知道这个世上不用武力也可以解决问题吗？

比如，我那块神奇的手表。

我挑衅地说："没错，我就是这么想的。"

"夏青柚！"圆脑袋被刺激到了，生气地叫起来。

韩以东怒极反笑，盯着我说："夏青柚，你是在挑衅吗？"

我抬头挺胸，鄙夷地看着他，傲慢地说："韩以东，你还记得我在论坛上说的那句话吗？没错，你就是虚有其表，金玉其外、败絮其中。除了长得帅一点儿，你根本就一无是处。"

"夏青柚！"他被激怒了，脸上的笑容消失不见，阴沉地瞪着我。

瞪什么瞪，就算你把眼珠子都瞪出来了，我也不会感到害怕的。

韩以东，搞清楚状况，你的时间结束了，现在，是我的时间。

"咔嚓！"

我轻蔑地看着他，按下了手表按钮。一瞬间，画面冻结了，整个世界凝固了，喧嚣的声音消失不见了。

韩以东保持着愤怒的表情瞪着我，就像一座雕像一样。芽芽在旁边担惊受怕地看着我，试图用眼神告诉我"快点儿闭嘴"。

我优雅且从容地看着一动不动的他，然后抓住他的手，来了一个过肩摔。在他被摔下去的瞬间，我再次按下按钮。

"咔嚓。"

时间解冻，韩以东被我轻而易举地一个过肩摔摔倒在地。

我看见了他惊愕的脸，听见了圆脑袋措手不及的惊呼，也瞥见了四周的人不可思议的目光。

"刚刚发生了什么？那个女生是怎么办到的？"

"到底怎么回事？怎么一瞬间她就把韩以东摔倒在地了？我甚至没有看见她是怎么出手的。"

这位同学，你永远也无法看见我是怎么让他摔倒在地的，因为我把时间冻结了。在被冻结的那段时间里，无论发生了什么事情，你们都是无法看见的。就像被人按下了快进键，时空从你们面前跳跃了过去。

"我的天啊，韩以东居然被一个女生摔倒在地。"

"韩以东被一个女生打败了。"

……

此刻，站在韩以东面前的我像女王一样傲慢地俯视他，说："看见了吗？韩以东，你不是我的对手，所以，以后不要再来招惹我。"

"夏青柚，你到底做了什么？你对大哥到底做了什么？"圆脑袋生气地叫起来，扑过来想要抓住我。

"咔嚓。"

我再次按下了按钮，画面再次定格。

我往左移动一步，和圆脑袋错开，然后伸出腿，再次按下按钮，画面恢复。

圆脑袋扑过来，来不及收势，被我绊得一个狗啃泥摔倒在地。

"哇，她刚刚是怎么躲开的？我没有看见呢，好快的速度。"

"她居然躲过去了，好厉害，她叫什么名字？"

"夏青柚，一年级一班的夏青柚。"

大家拿着手机，一边惊叹，一边对着我们拍个不停。

韩以东一脸震惊地瞪着我，不敢相信眼前的一切。

我傲慢地冲他撇嘴，然后拉起已经完全呆住了的芽芽离开。

回教室的走廊上，我的心怦怦直跳，内心既兴奋又雀跃，无数个小人在我心里蹦来蹦去。

小人们激动地说："夏青柚，了不起，你刚刚打败了韩以东。你看见了吗？他完全惊呆了呢。"

扬眉吐气的感觉可真好啊！

韩以东永远想不到我夏青柚可以控制时空。

"青柚姐，你刚刚是怎么做到的？你，你居然打败了韩以东呢。"芽芽一脸震惊地瞪着我。

我故作轻松地说："这没什么啊，很简单。"

"青柚姐，你实在是太棒了，太了不起了。"芽芽一脸崇拜地望着我说。

我开心地笑了一声，低头看手腕上的手表。

2

上课时，我看着手腕上的手表，感觉像在做梦一样。

多么神奇的手表啊，我居然用它打败了韩以东。不过，这个按钮按下去后，时间就停止了，如果往后旋转呢？时间会逆转吗？

这样想着，我试图扭动那颗宝石按钮。可是宝石按钮纹丝不动，根本就扭不动。

看来这块手表的唯一作用就是让时空停止了。

讲台上，历史老师不停地讲解着，窗外鸟儿在叫，一阵风吹过，吹得人懒洋洋的。

我长长地打了一个哈欠，然后按下按钮，时空再次停止。

静谧的世界里，每个人都保持着前一秒的姿势，我懒洋洋地趴在课桌上，睡意袭来。

有了这块神奇的手表，我还有什么可畏惧的？

不知道过了多久，我从梦里醒来，打着哈欠按下按钮，"咔嚓"，时空解冻，老师还在讲课。

我望着讲台。

"有谁知道第二次世界大战后世界经济发生了什么变化？"讲台上，历史老师问道。

他的目光在教室里扫了一圈，突然，他的目光落在我身上，说："夏青柚，你来回答一下。"

"嗯。"我站起来开始作答，"第二次世界大战后，世界经济全球化，以美国为主导的资本主义经济体系形成……"

说着说着，我的视野开始发生变化，画面变得摇晃起来，忽明忽暗的。我就像一台突然没了电的机器，脑袋一阵眩晕，然后耳边的声音戛然而止，整个世界安静了。

最后，我像断线的风筝一般，摔倒下去。

我眼前一黑，完全失去了知觉。

怎么回事？发生了什么？

在失去知觉的那一刻，我的心脏停止了跳动。

我要死了吗？

当我重新睁开眼睛时，我已经躺在了医院里。

怎么回事？

我怎么会在这里？

头好疼，好像有人在我的脑袋上打了一个洞，好疼。

我痛苦地皱眉，抱住脑袋。

"你醒过来啦。"一个声音传来，随即一个人飞快地走过来。

我转头看着他，惊讶地叫起来："大叔？"

是那个在天桥上给我手表的大叔。

他穿着黑色的礼服，白色的衬衣，打着领带，戴着一顶破破烂烂的帽子，和他这一身衣服实在不相配。

不过，这一次，他刮了胡子，脸干干净净的。他走过来，从怀里取出一根银色的带子系在我的手腕上。银色的带子立刻亮起来，一连串数字在上面跳动。

我惊讶地望着眼前的一幕。

这实在是太神奇了，大叔给我戴的是什么？

"大叔？你在做什么？"我好奇地问。

这时，银色的带子上跳出一串数字。

看见上面的数字，他松了一口气，解下带子说："还好，幸好没有造成太大的伤害。"

"怎么回事啊，大叔？"我奇怪地问道。

他说："青柚，对不起，我想手表我该收回了，请把手表还给我吧。"

"为什么？"

我蒙了，他为什么想要回手表？

大叔说："我最近才知道，这块手表还处于试验阶段。它可以令时空停

止，但是同时也会对使用者造成致命的伤害。随着你使用的时间越来越长，使用的次数越来越频繁，你的身体会越来越难以承受。你这次昏倒就是长时间地使用它来控制时间所带来的副作用，你明白了吗？"

什么？我昏倒是因为这块手表？

我惊愕地抬手，看着手腕上的手表，指针依然在走动。

大叔看着我，说："所以，现在请你取下手表，把它还给我吧。"

我犹豫地抬手解开表带。

突然，我想起什么来，解表带的动作停下来，不解地问："既然你知道这块手表对人体有伤害，在我昏迷的时候为什么不自己取下来拿走呢？"

既然他想要这块手表，为什么在我昏迷的时候，他不解下来直接拿走呢，反而要等我醒过来亲自给他？

大叔好笑地解释道："因为，我是个绅士。"

得了吧。

我不相信地看着他。

看到我眼睛一眨不眨地盯着他，他最后妥协地举起手，说："好吧，告诉你吧，因为这块手表具有认主功能。一旦戴在你的手上，第一次按下按钮，它就自动识别了你的身份。没有你的允许，它是不会从你的手腕上脱落的。"

也就是说，如果我不愿意取下手表，他就没有办法把手表拿走？

虽然这块手表对人体有副作用，可我还是不想取下它，毕竟这是一块可以控制时空的手表啊。

眼珠子一转，我问："大叔，如果我每次只让时间停一分钟，或者比这更短，会怎么样？"

大叔说："一两分钟对人体的伤害不是很大，但是频繁地使用对人体伤害还是很大的。"

说到这里，他停下来，狐疑地问："你该不会不想取下来吧？"

我可怜兮兮地哀求道："大叔，请你别把它拿走，好不好？我保证，我以后不会频繁地使用它了。"

"可是，你还是会使用，一旦使用就会对你的身体造成伤害，你还不明白吗？这个东西会让你死掉的。"没想到我会想要留下手表，他有些焦急起来。

"我保证，我会小心地使用的。如果发现不对劲，我会立即丢掉这个东西的。"我举手发誓。

"不可以，把手表还给我。"他严肃地说道，"我不能拿你的生命开玩笑。"

正说着，他手腕上的手表"嘀嘀"的响了起来。他停下来，按了一下手表上的宝石按钮，一个立体投影画面弹了出来。

一个戴着眼镜、穿着奇怪制服的少年出现在投影里。

他说："杰尼，时空警察已经找到你的位置了，我想你该避一避了。"

大叔皱眉，低声咒骂一声，说："我明白了。"

说完，他按下按钮，画面消失不见。

我震惊地瞪着眼前的一幕。这，这是怎么回事？他在拍科幻片吗？他到底是什么人？他的那块手表是怎么回事？为什么可以投影，还可以通话？

他抬头，看见一脸震惊的我，头疼地捏了捏太阳穴。

这时手表再次响了起来，他暗自咒骂了一声，抬头对我说："青柚，你听我说，千万不要频繁地使用手表。如果你下次使用它的时候，一开始感到头疼，接着是浑身疼，再接着就是流鼻血，那你无论如何也不能继续使用了。哪怕你只使用一秒钟，你的心脏也将会永远停止跳动。我会再回来找你的。记住我的话，不要乱使用手表。"

说着，他从怀里取出一支钢笔，笔尖发出白色的光，割裂空气。空中裂开一道口子，一股狂风从里面袭来，吹得我睁不开眼睛。

"大叔，你到底是谁？这到底是怎么回事？"我在狂风中挡住脸，艰难地问道。

他一只脚已经跨进裂缝里去了，他回头看我，扬了扬手，说："我叫杰尼，我会回来找你的。记住我的话，青柚，请多保重。"

说完，他走进裂缝里，身影瞬间被吞没。时空裂痕消失不见，病房里瞬间恢复宁静，只留下被吹得到处都是的花瓣和花瓶里光秃秃的花枝。

我在做梦吗？那个大叔就这样消失不见了。

可是我手腕上的手表和满屋的凌乱提醒着我，刚才发生的一切是真实的。

3

我呆呆地望着他消失的方向，久久不能回神。

这时，病房门被打开。

我猛然回头看去，是爸爸的秘书。

他捧着新鲜的香槟玫瑰进来，看见病房里满地的花瓣，笑着说："看来今天的风很大。"说着，他走到窗边，换上新鲜的花。

"安叔叔，我昏迷了多久？"我问。

他笑着走过来，说："两天。"

"我爸爸在哪里？"我问。

他说："夏董事长在开会，一有时间他就会来看你。"

开会，等待……

他永远都在开会，留给我的永远都是等待。

我陷入沉默，思绪飘得很远。

安秘书抬手，温柔地摸了摸我的脑袋，安慰我："董事长很忙，等忙完这段时间他就会来看你了。青柚，我知道你很坚强。"

我问："他是不是一次也没有来看过我？"

安秘书放在我头上的手明显一僵，他尴尬地缩回手，沉默地望着我。

他用沉默无声地回答了我。

突然，我很想哭，眼泪眼看就要夺眶而出。我抓起被子，翻身躺下，整个人蜷缩在被子里。

安秘书还想要说什么："青柚……"

"安叔叔，我累了。"我用尽全力挤出这句话来，眼泪夺眶而出。

我咬紧手背，不想让他听见我哭泣的声音。

接着，我听见了他叹息的声音，然后是离开的脚步声、门被关上的声音。

我再也忍不住，像只受伤的小兽般难过地呜呜哭起来。

不想一个人孤单地待在医院里，我向医生询问了自己的身体状况，确定没什么大问题后，下午我就自己办了出院手续。

走出医院大门，远远地，我就看到有一辆轿车停了下来。司机下车，打开车门，穿着校服、像高傲的公主一样的惠美走下来。

看见我，她面无表情地走过来。

"夏青柚。"她轻蔑地把我上下打量一遍，用不屑的口吻说道。

她的态度实在太恶劣了，所以即使她长得像一朵怒放的玫瑰，我对她也实在提不起好感来，特别是我还记得她剪掉我头发的事。

"你有什么事？"我实在不想和她有过多的交流，不耐烦地问道。

她讥讽地一笑，说："听说你打败了韩以东，很厉害嘛。"

我皱眉，说："如果没什么事，我要走了，再见。"说着，我越过她，准备离开。

她叫住我，说："你是不是喜欢韩以东？"

我喜欢韩以东？

她是从哪里看出来我喜欢韩以东的？

那个人除了长得比较帅气，我看不出他有什么值得我喜欢的地方。我夏青柚，虽然也喜欢长得帅气的人，但是更加喜欢有头脑的人。

那种长得帅气却很笨的家伙，在我眼里就是徒有其表，而韩以东恰恰就是这样的人。我对他除了鄙视，就是同情。

没错，是同情，对弱者的同情。因为除了那张帅气的脸，他已经一无所有。所以，我夏青柚是绝对不可能喜欢上他的。

"不要在我刚刚出院的时候说些恐怖的话，我会被你吓得再次住进医院的。我喜欢韩以东？你有没有搞错？你到底从哪里看出来我喜欢他的？不对，你到底凭什么觉得我会看上他？"我毫不客气地问道。

她不屑地轻嗤一声，说："少来了，夏青柚，像你这种女生我见得多了，装出一副清高不可一世的样子，说什么绝对不会喜欢上他，结果呢，不过是你们玩的小伎俩。你就是以为靠这些小把戏能吸引到他，才故意去挑衅他的吧？在论坛上做那样的事情，也是为了引起他的注意吧……"

"不要侮辱我了，他配不上我。"我打断她的话。

她被我的话噎住，瞪着我，张了张嘴，无话可说。

我冷漠地看着她，说："如果没事，你们以后就不要出现在我的面前了。"

说完，我转身就走。

身后，她猛然回过神来，生气地叫道："夏青柚，你刚刚那句话是什么意思？你是不是瞧不起我？"

我懒得理她，径自离开。

现在我只希望在未来的几年里能好好学习，成功升学，摆脱这场噩梦。

回到家里，我打开冰箱，冰箱里多了很多牛奶和新鲜的面包，还有一张字条，是安秘书写的——

青柚，不要再吃方便面了，叫外卖或者出去吃吧。我给你买了些面包和牛奶，好好照顾自己。

心情瞬间灰暗下来，我面无表情地拿起一瓶牛奶转身上楼。

4

我一边喝着牛奶，一边打开电脑，开始浏览学校的论坛。一个名为"诺菲亚女王"的帖子进入我的视线。

诺菲亚女王？

学校里什么时候出了个女王？

我好奇地打开帖子，一眼便看见了上面的照片，顿时吓得一口牛奶喷出来。

"我？夏青柚？诺菲亚女王？"我瞪着电脑屏幕，惊叫起来。

帖子里第一张是我把韩以东摔倒在地的照片，第二张是圆脑袋趴在我脚下的照片，第三张是我在主席台上演讲的照片，第四张是我上课时的照片。

照片下面是资料简介，夏青柚，诺菲亚学院的第一名，同时是学生会主

席，优异的成绩，冷艳的外貌，强大的气场，无一不彰显着女王的本色。而作为诺菲亚学院无人可敌的王子韩以东，居然败在了她的手里。

"我有这么厉害吗？"我咬着吸管，继续往下翻看帖子。

下面有很多人留言，有骂我的，有讽刺我的，也有崇拜我的，甚至还有人是我的粉丝。他们给我取了个外号——夏女王。

我正看着，这时QQ弹出了个视频请求，是韩以东。

他又想干吗？

我皱眉，鼠标在QQ视频窗口上徘徊，犹豫着要不要接受。

这时他给我发来信息——

接视频，我知道你在线。

我吓了一跳，赶忙关了对话框。

我明明是隐身，他怎么会知道我在？可是他找我又有什么事？

哼，不管是什么事，肯定不是好事。

这样想着，我打定主意不理睬他，喝着牛奶，盯着电脑，看着他的头像跳来跳去。

还不接视频！我知道你在线，快点接视频！

我终于忍不住再次点开对话框，韩以东霸道的话立马出现在眼前。

哼，我偏不接视频，看你能把我怎么样！

我慢悠悠地喝着牛奶。

喂，你真的不在线吗？

韩以东又发来一条消息。

搞了半天，原来是在诓我，他根本就不知道我在不在线。

让他去折腾吧，我才懒得理他呢。

我继续悠闲地喝着牛奶，这时手机响了起来。

我盯着电脑漫不经心地抓起手机，接通，问："喂，哪位？"

"喂，是夏青柚吗？"电话里一个咋咋呼呼的声音传来。

我皱眉，这家伙是谁？不过听声音有点儿耳熟呢。

"你是谁？"我惊讶地问道。

电话那边立刻炸开了锅。

那人哇哇大叫着："是她是她，夏青柚，大哥，是夏青柚。"

我这才想起来，这个咋咋呼呼的声音是圆脑袋的，没错，只有他才会发出这样的叫声。

韩以东的声音传来："手机给我。"

我吓了一跳，不敢相信地拿起手机看上面的电话号码，然后飞快地把手机贴在耳朵上问："韩以东？你是怎么知道我的电话号码的？你不会是在调查我吧？"

电话那边的韩以东说："你自己在论坛注册的时候把QQ号和电话号码都填上去了，要找你还需要调查吗？"

圆脑袋在一旁叫道："夏青柚，我大哥要跟你谈判。"

"你给我闭嘴。"韩以东发火了，然后继续跟我说，"喂，夏青柚，出来一下，我有事要跟你说。"

韩以东要找我谈判？

我们有什么可谈的？

虽然我拥有了可以让时空停止的手表，可是如果再次和这家伙动手，再次使用手表，会对我的身体造成伤害的。我不能把我的生命浪费在韩以东身上。

"就在手机里谈吧。"我拒绝道。

韩以东不同意："不行，你出来，我有话要跟你说。"

我皱眉，这家伙可真是婆婆妈妈的，我可不想和他见面。

"韩以东，我们以后不要再见面了！所有的事情到此为止，就当大家从不认识彼此，你不要再出现在我的生命里了！我们从来就不是一个世界的人！"我没好气地说道。

韩以东不服气地叫起来："夏青柚，你的脑袋里长了橡皮擦吗？你说擦掉就擦掉，你说忘记就忘记。什么叫不要再出现在你的生命里？你搞清楚，是你先招惹我的！还有，你居然敢用过肩摔摔我？我绝对不承认我输给了你。你听见了吗？给我出来。"

因为我用过肩摔把这家伙摔倒在地，所以他是来找我算账的吗？这样下去还有完没完啊？

"韩以东，你到底要怎么样？"我有些生气了，问道。

他坚决地说道："你出来，跟我见面。"

"是不是我出来见了你，你就会放过我？"我问。

"是。"

"好，你说时间、地点，我来见你。"

"马上出发，图书城下面的麦当劳里等我。"说完，他挂断了电话。

好，这是最后一次去见他，见过他，我们就算是两清了，从此以后，我

066

就不会再跟他有什么交集了。

我喝掉最后一口牛奶，丢掉包装盒，起身换衣服。

白色的雪纺上衣，黑色的裙子，一件黑色的小外套，镜子里的我看起来帅气又干练，漂亮的脸干净又安然。

我用清澈的眼眸注视着自己，然后深吸一口气，抬头挺胸，告诉自己："夏青柚，加油！"

我拿着包出门，前往图书城。

走在大街上，突然，一辆轿车在我身旁停下来。我下意识地扭头看去，车窗摇下，一个男生正看着我。

他取下墨镜，白皙的皮肤像陶瓷一样光滑，俊美的脸上挂着笑容，像一只狡猾的小狐狸。

"夏青柚？"他笑着问。

我奇怪地问："你是谁？"

他打了一个响指，车门立即被打开，两个男生走下来，冲我走过来。

我下意识地后退，问："你们是谁？"

他笑着说："一起去喝杯茶吧，夏青柚。"

他话音刚落，那两个男生就抓住了我，把我往车里塞。

"你们是谁？放开我，救命啊，救命——"我边挣扎边大叫，但还是被他们用力地塞进了车内。

他笑着，不顾我的叫喊，关上了车窗，然后叫司机发动车子离开了。

这算什么？

绑架吗？

他要带我去什么地方？

5

"你是谁？你们到底想做什么？"我被那两个男生按在后座上，坐在中间。

他们牢牢地抓着我的手，以免我逃脱。

之前那男生坐在副驾驶位上，回头看着我，说："本来我们应该以更好的方式见面的，但是我喜欢更直接一点儿。我叫金浩，很高兴见到你，夏女王。"

什么？金浩？

知道对方是谁后，我甩开那两个按着我的家伙，冷静地问道："好吧，那么，你们现在要带我去哪里？"

他笑着说："当然是去喝茶的地方了。"

笑笑笑，这家伙居然还笑得出来。

我极力忍耐，说："我不管你要带我去哪里，可是金浩，你这是绑架，所以现在立刻让我下车。"

"如果我说不呢？"他笑嘻嘻地问，"你要告我吗？"

我旁边的两个家伙哈哈大笑起来。

一个说："夏青柚，金浩家什么都缺，就是不缺律师。"

另外一个说："你不知道金浩老爸是做什么的吗？全市最大的商业广场的主人是谁你知道吗？你告他，你省省吧。"

金浩笑着说："你放心吧，我不会把你怎么样的，只是想跟你合作而已。"

合作？我和他有什么可合作的？

我皱眉，问："什么合作？"

他说："去了你就知道了。"

看来不到目的地，他是不肯说的。我要跟他去吗？还是要离开？可是，我该怎么离开呢？

我思索着，摸着手表上的宝石按钮，犹豫不决。如果现在按下按钮，我马上就可以离开这辆车。可是，大叔说得很清楚，如果我继续使用手表，会对我的身体造成伤害的。

不到万不得已，不要用手表。

这样想着，我把手放下来。

好吧，就跟着他去瞧瞧，看看他能把我怎么样。

车穿过繁华的城市，进入别墅区，最后在一栋门口蹲着一只石狮子的别墅前停下来。

金浩走下车，打开车门对我说："下车吧，到了。"

我走下车，抬头看去。虽然那两个男生说金浩家是全市最大的财阀，可是见到眼前这栋别墅，我还是惊呆了。

从电子门里进去是一条长长的大理石路，道路两旁是修剪得别有风味的灌木，灌木后是绿茵茵的草坪，自动洒水器正在洒水。

道路的尽头是一栋欧式风格的房子，房子很大。

金浩领着我走进屋子，屋子里有两个用人正在打扫，她们见到他，都对他报以礼貌的微笑。

他带着我上楼，最后在一个有着巨大落地窗的房间里停下来。

"想喝点什么？咖啡还是茶？"金浩坐下来，笑着问我。

我皱眉看他，说："你带我来这里到底想做什么？我没有心情陪你喝茶。"

金浩说："既然这样，那么我们就开门见山吧。现在全校都在传你和韩以东的事情，我知道你打败了韩以东，我想他是不会放过你的。虽然看起来你是赢了，但是相信我，未来的日子你将会比现在更加难熬。"

我皱眉，问："为什么这么说？"

金浩说："因为这个世上没有人比我更了解韩以东。他自负、孤傲、不允许自己失败，这一次败在你手里，我想他会不择手段地想要一雪前耻。所以，夏青柚，和我合作吧。"

我颇感意外，他抓我来这里就是为了和我合作？

我不解地问："我为什么要和你合作？"

他起身说："因为你讨厌韩以东，而我，是韩以东的敌人。敌人的敌人就是朋友，只要你和我联手对付韩以东，我会保护你。"

我明白过来，金浩和韩以东是敌人，他知道我打败了韩以东，于是想要拉拢我，和他联手对付韩以东。

我不解的是，学生的主要任务不应该是学习吗？他们难道从来没有想过自己的未来会怎么样吗？他们有没有想过将来自己会成为什么样的人？

"我的答案是，不行。"我坚定地否决了他的提议。

他愣了愣，似乎没想到我会这样回答，耐心地说道："我想你没有听明白我的话，跟我合作是对你自己最好的保护……"

"我说不要。"我打断他的话。

他笑起来，看我的眼神却是冷漠的，问："为什么？"

"你和韩以东的事情，是你们之间的事，与我无关。你想要对付韩以东，我为什么要帮你？韩以东会怎么对付我，我会自己想办法应付。你们的事情我不想参与。我已经没有耐心和你耗下去了，不要招惹我。"我一口气说完，转身就要走。

身后，金浩说："如果我坚持呢？"

他的话音落下，那两个跟班挡在了门口，堵住我的去路。

我停下来，扭头看他，说："金浩，你们真的很无聊，不，是幼稚。你们明白'敌人'这两个字的含义吗？知道仇恨是什么滋味吗？你们什么都不懂，却故作疼痛，无病呻吟。什么敌对，什么敌人，实在是太无聊了。"

金浩问我："你知道什么叫背叛吗？"

我不解地望着他。

他走过来，面无表情地看着我，说："你知道吗？我不用向你解释什么。如果不能成为我的朋友，那么就是敌人。在我没有得到想要的答案之前，你就在这里好好地待着吧。"

什么？他要把我困在这里？

"金浩，你这是非法拘禁！"我生气地叫起来。

他走到门口，回头看我，笑着说："我知道你很聪明，但是不用提醒我我在做什么，因为我不怕，不信你可以试试看。"

说完，他转身离开了。

门口的两个男生守在那里，盯着我。

"放我出去，让我离开！"我叫着想要冲出去，却被他们轻而易举地拎回来。

怎么办？我该怎么离开这里？

如果我不和金浩合作，他是不会放我离开的。可是，我不想进入他们的世界，我不想和他们再有任何交集。

望着门口守着的那两个男生，我低头看手表，手指不自觉地放在按钮上。只要按下这个按钮，我就可以离开这里了。

可是，大叔交代过，手表不能胡乱使用，随着使用的次数增多，它会危

及我的生命。

我犹豫不已。

这时我的手机响了起来，是韩以东打来的电话。

6

"喂，你在哪里？你该不会是不来了吧？夏青柚，你必须给我过来！我已经到这边了，知道吗？"

我才接通电话，韩以东不高兴的声音立刻传来。

哦，我忘记了，他还在麦当劳等我。

"韩以东，我去不了了。"我为难地说道。

韩以东随即问道："为什么？"

"还不是因为你，我被金浩抓起来了。"我不满地责怪道。

这时，守在门口的两个男生大吃一惊，问："你在跟韩以东打电话？"说着，他们跑过来抢走了我的手机。

"喂，你们做什么？把手机还给我，你们太过分了。"我生气地叫起来。

电话那边韩以东还在说着什么，但他们迅速挂断了电话，把手机关机。

一个男生紧张地说："绝对不能让韩以东知道，否则咱们就麻烦了。"

拜托，他已经知道了。

"把手机还给我。"我想要抢回手机。

他们收起我的手机，说："在没有金浩哥的吩咐之前，我们是不会把手机还给你的。"

"怎么办？韩以东可能已经知道她在这里了，要不要去告诉金浩哥？"

一个男生担心地问。

"你在这里看着她，我去找金浩哥。"另一个男生说完就转身离开了。

手机被抢，我郁闷地坐下来和留下的那个男生大眼瞪小眼。

这时，楼下传来女生欢笑的声音。

我好奇地起身，走到窗前往下看。楼下，惠美和几个女生向别墅走过来，一边走一边说笑。

惠美？

她怎么会在这里？

我正看着，这时金浩走了出来，笑着拥抱惠美。

呃？怎么回事？惠美是金浩的朋友吗？

我傻乎乎地望着楼下。

这时，远远地，韩以东骑车飞驰过来，在别墅门口停下，接着圆脑袋和几个跟班也到了。他们跳下车，跟着韩以东往别墅里走。

"韩以东？"我吃惊地叫起来。

他来这里做什么？

还有，他骑的是山地车吗？这么快就从图书城到了这里，他是飞过来的吗？

门口的男生听见我的叫声，紧张地跑过来。

一眼看见正走过来的韩以东，他吓了一跳，扭头跑了出去："不好了，韩以东来了！"

见他跑出去，我急忙跟过去，想要趁机逃走，可是这家伙居然把门反锁了，我出不去！

"可恶！"

我跺脚，郁闷地踹了一脚被反锁的门。

可是，韩以东来这里做什么？他是来救我的吗？

啊，不可能，他怎么可能会特地跑来救我？没道理啊，我和他可是敌对关系呢。

我正胡思乱想着，门外传来嘈杂的声音，有凌乱的脚步声，还有圆脑袋和其他人的叫声。

"夏青柚，你在哪里？"

"我在这里。"我急忙叫起来，用力地拍着门。

门外金浩的声音传来："韩以东，你不要太过分了，这里是我家，给我出去。"

呃？他们要干什么？

听金浩的声音，他好像很生气呢。

我趴在门上正听着，突然，门被打开，我一个跟跄差点儿摔出去。

韩以东抓住了我，说："跟我走。"

呃？他真的是来找我的？他特地过来救我吗？

见他拉着我要离开，金浩的脸色难看到了极点，冷冷地说："韩以东，你以为这里是你家吗？你以为这里是你想来就来、想走就走的地方吗？把她留下！"

说着，他一把拽住了我。

放开我，我才不要留在这个鬼地方。

虽然我不喜欢韩以东，可是，和金浩相比，他简直是好太多了，至少他不会把我绑架到这种地方来。

"放开我。"我挣扎着想摆脱金浩。

韩以东松开我，走过去一拳打在金浩的脸上："她叫你放开她，给我放手！"

"金浩哥！"金浩被打得一个踉跄后退几步，金浩的两个跟班惊叫一声跑过去扶住他。

"韩以东！"金浩愤怒地大叫一声，挣扎着要扑过来。

"干吗？你们想干吗？"圆脑袋和跟班们跳出来，站在韩以东前面保护他。

气氛一下子剑拔弩张，我吓得拽紧了衣角后退。要知道这种事情，在我的人生里，还从来没有出现过。

直到今天，遇见韩以东、金浩两个人，我才第一次见识到。

"金浩哥，冷静，冷静。"那两个跟班抱住金浩叫着。

这时，惠美和几个女生谈笑着走出来。

见到我们，她一脸吃惊，问："以东？你怎么会在这里？"

金浩猛然回头看她。

惠美的目光始终落在韩以东身上。她开心地走过来说："以东，你是来找我的吗？"

韩以东根本没有理睬她，拽着我转身就走。

"韩以东，你给我站住！"金浩跳起来愤怒地大叫。被人揍了一拳，他气恼到了极点。

正走着，韩以东突然想起了什么，停下来，用力地把我往怀里一搂，抬头冷漠地看着金浩，说："她是我的，金浩，我劝你最好离她远一点儿。"

"什么？"几乎是异口同声，我和惠美叫起来，难以置信地瞪着韩以东。

他在说什么？

他的脑子被蛀虫蛀了一个洞吗？

什么叫我是他的？

我什么时候变成他的了？

一瞬间，我的世界天翻地覆。

第四章

CHAPTER

令人讨厌的谣言

04

1

屋子里瞬间安静下来，所有人都惊呆了，圆脑袋和那群跟班震惊地看了看韩以东，又看了看我。

金浩惊愕地张大了嘴巴，他似乎没想到我会是韩以东的人，一脸复杂地看着我，最后说："难怪你不答应我。"

拜托，我不答应你是因为我压根就不想蹚你们这浑水。还有，我和他没有半点儿关系。

"韩以东，我……"我瞪着他，试图反驳他的话。

他用力地搂住我的肩膀，低声说："你要是不想继续待在这里，就给我老实点儿。"

我瞪着他，不敢说话了。

惠美难以置信地瞪着我们。

她的表情有些崩溃，不相信地说："我不相信，以东，你骗我，你怎么可能和这种家伙在一起？你怎么可能会喜欢上这种丑八怪？你骗人！"

什么？丑八怪？

喂，你到底觉得我哪里比你丑了？你到底是哪里比我好看了？居然敢说我是丑八怪！

韩以东还是连看都懒得看她一眼，搂着我转身就走。

这时，惠美跑过来，一把抓住韩以东叫起来："不许走，以东，你告诉我，你在骗我是不是？你根本就没有和她做朋友，你是故意惹我生气，是不是？"

"惠美！"金浩抓住惠美，表情难过地看着她。

惠美根本不理睬他，一把甩开他，然后抓住韩以东，像是在乞求一样看着他，乞求韩以东给她她想要的答案。

"以东，你快点儿告诉我，你没有和她做朋友，你是在骗我，对不对？"

韩以东冷酷地甩开她的手，冷漠地看了她一眼，牵着我离开。

"你骗我，我不相信，这不是真的，呜呜呜……"身后，惠美痛苦地捂住脸，呜呜地哭起来。

金浩寂寞地站在她身旁，难过地望着她。

我回头看看他们，再扭头看看韩以东，似乎突然猜到了些什么。

走出别墅，我问："韩以东，惠美喜欢你，是不是？"

韩以东没有回答，径直跳上了山地车。圆脑袋和跟班们也纷纷跳上了车。

圆脑袋好奇地问韩以东："大哥，你真的要和她做朋友吗？"

"我疯了吗？"韩以东恼怒地反驳道，然后看着我，说："喂，上车。"

"那你刚刚在别墅里为什么那么说？"圆脑袋不解地问。

韩以东说："不那样说，金浩是不会放过她的。"他扭头对我说："喂，上车吧，我送你回去。"

我可以选择不坐他的车吗？

老实说，我不想和他再有什么交集。可是，今天他救了我。

自从遇见他，我的生活就变得乱七八糟。我想要尽快结束这场混乱，回到我从前的轨道上去，学习、考试、毕业、升学，然后永远地摆脱这里。

我坐上车后，他把车骑得飞快。他哪来这么大力气啊，真是太可怕了！

很快，他把我送到了家门口。

我跳下车转身准备回家，突然想起什么来，扭头不解地问他："对了，你说你有事要跟我谈，是什么事？"

他说："现在没什么事了。对了，夏青柚，你很讨厌我吗？"

我不解地问："什么？"

我讨厌他吗？

当他把我丢在荒郊野外的时候，我的确挺讨厌他的；当我被丢进诺菲亚学院和一群我觉得糟糕透顶的人在一起的时候，我的确挺讨厌他的。

即使成绩一般，他却活得比我快乐，他拥有那么多喜欢他的人，可是我呢，我什么也没有。

可是，这个令我讨厌的人，今天救了我。

他说："算了，没什么，拜拜。"

说完，他骑着他那酷炫的山地车，带着圆脑袋他们离开了。

我茫然地望着他消失的背影发呆，脑海里突然蹦出一个念头：韩以东是不是喜欢我？

"啊！夏青柚，你在胡思乱想什么？"我被自己这样的念头吓了一跳，脸颊迅速升温，烫得厉害。

他怎么可能喜欢我，我和他是敌对的。

可是他为什么要去救我？

也许是因为金浩吧。就像金浩希望我和他联手对付韩以东一样，韩以东也许也是抱着这样的想法吧。

可是，他并没有像金浩那样威胁我，甚至根本没有提这件事。

那么，他为什么要特地从图书城跑过来救我？

我想不明白，最后摇了摇头，不再去想这个问题了。总之，我希望以后不再和韩以东有任何关系。

回到家里，躺在床上，我给韩以东发了一条短信——

韩以东，以后不要再找我了，我们再也不要有任何交集了，怎么样？

很快，韩以东回复了我——

好。

看到他回复的这个字，莫名地，我有些失落。这家伙，答应得这么快，他怎么可能喜欢我？夏青柚，你在胡思乱想些什么呢？真是的。

2

第二天，来到学校里，一路上所有人都在盯着我看，还有人拿着手机对着我不停地拍照。我奇怪地看着他们，往教室里走去。

教室里，一群女生一见到我立即围拢了过来，叽叽喳喳地问："夏青柚，你真的在和韩以东做朋友吗？"

"你们什么时候开始做朋友的？你不是不喜欢他吗？"

"你们发展到什么地步了？"

呃？什么？我跟韩以东在做朋友？

开什么玩笑，我和那家伙刚刚撇清关系，怎么可能和他做朋友？

"什么和他做朋友？我和韩以东没有半点儿关系。"我搞不懂这群家伙到底是从哪里看出来我和韩以东在做朋友的。

"可是昨天，你们不是一起从金浩家离开的吗？听说是韩以东亲自去接

的你呢。"

"对啊，还有照片呢。"

她们叽叽喳喳地说着，举着手机递给我，屏幕上正是韩以东把我从金浩家里带走的照片。

"怎么回事？是谁上传到论坛的？"我捧着手机激动地叫起来，顿时一个头两个大。

"哎呀，别管是谁上传的，总之，你赶快老实交代，你和韩以东是从什么时候开始做朋友的？"那个女生收回手机，笑嘻嘻地问我。

我一头黑线，迅速起身往三班走去。

一路上都有人指着我窃窃私语。

"呃，就是那个女生，一班的夏青柚。"

"就是她吗？她真的在和韩以东做朋友吗？"

"是啊，照片都发在论坛上了，他们真的在做朋友。"

……

我的心情糟糕到了极点。

我走到三班门口，一眼便看见了趴在桌子上睡觉的韩以东。

大清早就趴在桌子上睡觉，看看，这就是他，韩以东。这样一个人，怎么可能成为我的朋友？

我飞快地走过去，站在他面前，扯了扯他的衣服，生硬地说："韩以东，出来，我们聊聊。"

正在睡觉的韩以东被吵醒，打着哈欠抬头看我，一副睡眼惺忪的样子，就像一晚上没有睡觉似的。

"干吗？"他抓了抓头发，懒洋洋地问。

看见他这个样子，我气不打一处来，拽着他就往外面走去："跟我出来。"

教室里，大家纷纷望向我们，又开始议论纷纷。

"他们真的在做朋友呢。"

"真可惜，被韩以东那小子捷足先登了。"

我拽着他走到楼道角落里，生气地说："韩以东，现在全校都以为我们在做朋友，怎么办？"

他还是一副懒洋洋、漫不经心的样子，说："我能怎么办？堵住大家的嘴巴？你不知道公民是有言论自由的吗？"

什么？言论自由？

这家伙的意思是任由谣言传播下去吗？

"不可以，韩以东，这件事是你搞出来的，你必须解决掉。你要让大家知道，我和你没有在做朋友。"我很不高兴地说道。

韩以东不以为意地说："你觉得我一句话能够遏止谣言吗？"

我有些着急了，问："那怎么办？"

韩以东无所谓地说："就让万能的时间慢慢地冲淡这一切吧，时间久了，他们自然就忘记了。"

看见他这个样子，我气不打一处来，生气地说："被人误会我和你在做朋友，你不觉得这是件很糟糕的事情吗？难道你就不想澄清一下吗？"说到这里，我想起什么来，狐疑地盯着他问："韩以东，该不会是你故意这么干的吧？"

"什么？你说什么？"他愣住了，然后一脸受辱的表情说，"我故意这么干的？我为什么要故意这么干？要不是为了给你解围，你以为我会在金浩那家伙面前说谎吗？事情弄成这样，最委屈的是我好不好？你不要一脸被人占了便宜的表情，吃亏的人是我。"

我说："可是你一点儿都不着急。韩以东，你是不是故意在金浩面前那么说，然后让全校都知道我们在做朋友？你该不会是喜欢我吧？"

他立刻像被踩了尾巴的猫一样跳起来，激动地说："我喜欢你？夏青柚，金浩是不是往你的脑袋里灌浆糊了？拜托你拿面镜子好好照照自己，就你这样子，我会喜欢你？"

"什么？我这副样子？什么叫我这样子？我长得很难看吗？"

气死我了，他的意思是我配不上他吗？这个人居然敢嫌弃我？

他说："跟闵彦比，你的确是好看一点点啦，可是跟其他女生比，你还差得远。"

什么？他居然把我跟那个圆脑袋相提并论！

"韩以东，你这个浑蛋。"气死我了，我气呼呼地转身离开，不想再跟他浪费半点儿口舌。

身后，他生气地叫着："喂，你刚刚说什么？你再说一遍！"

我懒得理他，气呼呼地回到教室。本来以为去找他可以想出个办法跟大家解释清楚，可是那家伙居然说，让一切随时间淡去。

怎么办？现在全校都以为我在和韩以东做朋友。我怎么可能跟这个男生做朋友？

3

一整天，我都在大家的注目礼中度过。就算传言说我在和韩以东做朋友，可是大家也用不着像看外星人一样盯着我吧。

"青柚姐，你什么时候和韩以东做朋友的？你都没有告诉过我。"芽芽激动地抓着我的胳膊，"你们发展到什么程度了？"

我受不了了，看着她认真地说："芽芽，你听好，我和韩以东没有做朋友。我和他是敌人，没错，是死敌。他是我心里的一抔土，就让他从我的世界里随风散去吧。"

芽芽眨眼望着我，好奇地问："青柚姐，你和他吵架了吗？"

"你怎么知道？"我惊讶地问。

她会算命吗？猜得这么准。

芽芽说："因为你的样子就像是和朋友吵架了，在闹别扭呢。"

噗——

我要吐血而亡了。

"我是很认真地告诉你，我跟韩以东根本就没有做朋友！因为金浩，为了骗金浩，他才编出这样的谎话啊！"

我要抓狂了。

"金浩？跟金浩有什么关系啊？"芽芽好奇地问。

于是，我把昨天发生的事情一五一十告诉了芽芽。听完后，芽芽惊讶得下巴快掉在地上了，瞪着我久久不能回神。

我深吸一口气，说："事情就是这样的。所以说，那些在论坛里造谣的人根本就是不明真相。"

芽芽终于回过神来，一脸痴迷地望着我说："也就是说，昨天韩以东特地跑过去把你救了出来？"

"是啊。"

话虽然是这样说，但是，芽芽，你的表情怎么变得那么奇怪？

芽芽一脸的兴奋，双手捧在胸前，眼睛望向半空，说："英雄救美，好浪漫哦。青柚姐，你好幸福哦。"

"咚！"

我一头栽倒在桌子上！

"青柚姐，韩以东是不是喜欢你啊？"芽芽回过神，好奇地问。

我坐起来，问："你为什么这么认为？"

芽芽说："据我所知，自从金浩和韩以东闹翻了之后，他就再也没有去

过金浩的家里。这次居然为了你，勇闯金浩家，如果不是喜欢你，他干吗要去救你啊？"

"闹翻？他们以前很要好吗？"我奇怪地问。

芽芽点头，说："是啊，他们以前是最好的朋友呢。后来闹翻了，就一直这样子了。"

"什么？金浩和韩以东以前是最好的朋友？"我惊讶地问，难以想象，那两个人居然曾经是最好的朋友。

芽芽说："是啊，青柚姐，你可能不知道，以前金浩和韩以东可是我们学校最具人气的天使组合呢！他们是一块儿长大的，金浩被称为'阳光天使'，和韩以东相比，他温柔、善良，他的微笑可以秒杀一切，是像阳光一样的帅哥。而韩以东被称为'堕落天使'，他有着天使般的面孔，帅气、迷人，却有着恶魔一样的性格，没有人敢挑战他的权威。"

堕落天使？

这个名字真适合他。

"那他们为什么会变成现在这个样子啊？"我好奇地问。

芽芽说："不知道啊，两年前他们突然就决裂了，金浩也变了，他们变得势不两立。"

我思索着，什么样的事情会让他们从最好的朋友变成敌人呢？

"你知道什么叫背叛吗？"

灵光一闪，我突然想起金浩的话来。难道说，韩以东背叛了金浩？

呃，夏青柚，你在胡思乱想什么啊？干吗这么在意他们的事情？这些都和你没有关系，你要从韩以东的风暴里走出来，要远离他，所以，从现在开始，所有关于韩以东的事情都不要在意。

我告诉自己，不要关注韩以东，不要理睬那家伙。可是，有些麻烦该找上门的时候还是会找上门来，比如惠美。

放学后，我和芽芽一起回家。刚走出学校大门，惠美就带着一群女生围拢过来，堵住我们的去路。

"夏青柚，你给我站住。"惠美身旁的跟班叫起来，气势汹汹地拦住我们。

我把芽芽护在身后，皱眉问："你们想干吗？"

惠美冷冷地看着我，然后抬起手。旁边有人立即把矿泉水递给她。她拧开瓶盖走过来，然后把水从我头上淋下来。

我没想到她居然会把水往我头上淋，闭上眼睛，一股火气从我心底噌地蹿起来。

"夏青柚，我警告过你，离韩以东远一点儿。你实在是太卑鄙了，一面跟我说你不喜欢韩以东，一面又很快和他在一起。我从来没有见过像你这样的女生。"惠美讽刺地控诉我。

"青柚姐！"芽芽惊叫一声，急忙翻书包，找卫生纸给我擦脸。

我挡开芽芽的手，睁开眼睛。

惠美惹火了我，她真的惹火了我。

"我就是在和韩以东做朋友，怎么样？他喜欢我，喜欢得不得了，怎么样？"我挑衅地说道。

没错，我是故意的。从第一次在街上遇到她，加上在金浩家里看到她，我几乎可以肯定，惠美是喜欢韩以东的。虽然我并没有和韩以东做朋友，可是，我就是要挑衅她，因为她实在是让我太恼火了。

果然，惠美的脸色瞬间难看到了极点，漂亮的五官几乎扭曲了，她大叫着扬起手打过来："夏青柚！"

我抓住她的手，冷漠地看着她。

她挣扎着，愤怒地叫起来："放开我，夏青柚！你明明说不会喜欢韩以东，你骗我！"

我用力地甩开她的手，说："卑鄙？如果我没有猜错，你在和金浩做朋友吧！既然在和金浩做朋友，韩以东和谁做朋友关你什么事？"

我的话瞬间令她的脸色苍白到了极点。

她颤抖地望着我，眉头紧锁，急促地呼吸着。突然，她慢慢地蜷缩起身体，拼命地呼吸，脸色越来越难看。

她旁边的女生慌了，叫起来："药！快点儿，药！"

什么？她有病？

她的样子越来越难看，仿佛要死了一样，痛苦得掉下眼泪来，修长的手指抓着衣角，眼睛却死死地盯着我，那样怨恨，那样愤怒。

4

这时，韩以东和圆脑袋他们从学校里走出来。

他看过来，当目光落在惠美身上时，他的脸色瞬间就变了。

他疾步跑过来，推开众人，看见惠美这个样子，焦急地问她身旁慌了神的女生们："药呢？药！"

惠美艰难地抬头看他，紫红的脸上挤出一抹欣慰的笑容来，像溺水的人抓住了救命稻草般，抓住韩以东的手不放开。

"药明明在书包里，可是为什么就是找不到了？"有人把惠美的书包翻了个底朝天，却没有找到药。

韩以东立刻翻自己的书包，随即拿出一瓶喷雾剂来，飞快地往惠美嘴里喷去。

很快地，惠美的气色好起来。她的呼吸终于稳定下来。她像一只受伤的小猫一样往韩以东的怀里钻去，呜呜地哭起来。

"以东，我好怕，呜呜呜……"她哭得梨花带雨，楚楚动人，就连我都

088

觉得她可真是个美人。

"可恶的夏青柚，要是惠美姐有什么事，你就是杀人凶手。"她旁边的女生们愤怒地叫起来。

"太过分了，夏青柚。"

她们愤怒地叫着，韩以东和圆脑袋们这才发现了我。

韩以东的目光落在湿漉漉的我身上，惊讶地微张嘴巴，松开惠美就要过来："你怎么搞的？"

我后退一步，抿紧了唇看着他。不知道为什么，我有些不开心。看见他那样关心惠美，我不开心。

"夏青柚，你身上怎么湿了？"圆脑袋惊讶地问。

芽芽愤怒地瞪着装腔作势的惠美，说："还不是因为她，往青柚姐身上倒水，说不过青柚姐就发病了，青柚姐才是受害者。"

韩以东皱眉朝我走过来。

惠美见状，立刻开始急促地喘气，拼命地抓住韩以东，喊道："以东，以东，不要走。"

"惠美姐又发病啦。"女生们惊恐地叫起来，像守护着公主一样围拢在她身边。

我狼狈地望着韩以东，黯然地转身就走。

"夏青柚。"韩以东叫道，想要追过来，惠美却死死地抱住他不放手。

我和芽芽越走越远。

芽芽不停地回头看身后，又小心地看我，安慰我说："青柚姐，你不要难过，惠美那丫头实在是太狡猾了，居然装病，还装得那么像。有病就了不起啊，我还有感冒呢。"

我故作轻松地说："没关系，不过是身上淋湿了而已，回去洗个澡就好了。"

可是，虽然这样说着，我并不觉得开心。

夏青柚，你在想什么？为什么觉得不开心？因为韩以东从书包里翻出了一瓶药来，还是因为韩以东站在惠美那一边，又或者是因为他没有保护你？

可是，他凭什么要保护你？你和他什么关系都不是，不要忘记了，你们的恋人关系是假的。

和芽芽分开后，我径直回到了家里。

回家第一件事就是脱了衣服去洗澡。喷头下，热气腾腾的水"哗啦啦"的流下来，像下雨一样。

我失神地想着，一会儿是韩以东，一会儿是惠美，一会儿是金浩。

不行，夏青柚，你在胡思乱想什么？你不是一直想要摆脱韩以东吗？不管他怎么样，都和你没有关系。

我甩甩头，这样告诫自己。

关掉水龙头，我穿好睡衣走出浴室，突然听见楼下传来一阵声音。

"谁在楼下？"我奇怪地想着，打开门走出去。

可是，一出门我就愣住了，因为楼梯口一个穿灰色衣裳、戴口罩的男人拿着水果刀正走上来。见到我，他也愣住了，似乎没想到我会在家。

入室盗窃的小偷？

我们家进小偷了！

我吓得飞快地往回跑，与此同时，他飞快地跑过来，想要追上我。

我慌忙跑回自己的房间里，关上门，拼命地找手机。这时传来一声巨响，歹徒一脚端开了门。我吓得手一抖，手机掉在地上，惊恐地望着他。我害怕到了极点。

小偷持刀凶狠地走过来。

我吓得连连后退。

救命啊！谁来救救我？

突然，我想起了那块神奇的手表。

手表，我的手表呢？

我紧张地张望四周，手表被我放在了书桌上，就在不远处。可是，我得从小偷面前飞奔过去拿到手表，然后按下按钮。

看着小偷一步步逼近，我咬咬牙，心想，只有拿到手表我才能脱离危险，拿不到手表我就死定了。

我后退着，手指碰到了桌角的花瓶。我突然灵机一动，抓起花瓶，用力地朝小偷摔去。

小偷下意识地抬手挡住脸。

我飞扑过去，扑到书桌上，抓住手表。小偷扑过来，举起水果刀朝我捅过来，我飞快地按下按钮。

"咔嚓！"

一瞬间，时空凝固了。水果刀已经碰到了我的衣裳，我不敢乱动，小心地推开他的手，然后站起身来回头看他，心突突地跳得厉害。

腿一软，我倒在地上。

我好害怕，差一点儿，差一点儿我就死掉了。

我害怕得哭起来，可是现在我没有时间哭泣，时空不能停止太久，否则我的身体会受到伤害。

我抹掉眼泪，挣扎着站起来，找来绳子把小偷绑起来，然后再次按下按钮。

一瞬间，时空解冻。

小偷一脸震惊地瞪着我，然后拼命地挣扎："怎么回事？刚刚发生了什么？"

我懒得理他，头有些发晕，摇摇晃晃地捡起手机拨打110。电话还没拨出去，我的手机就响了起来，是韩以东。

"夏青柚，你还好吧？"他问。

我的身体摇摇晃晃的，头疼得厉害，不知道是因为害怕还是因为使用手表冻结时空的缘故。

我虚弱地说："韩以东，帮我打110。"然后眼前一黑，倒在地上，昏了过去。

5

再次睁开眼睛的时候，我正躺在一副担架上，韩以东和圆脑袋紧张地跟在我身旁。

"夏青柚？你没事吧？"韩以东紧张地问。

圆脑袋说："你不用担心，警察来了，那个小偷交给警察处理了。但是，你们家为什么一个大人都没有？你爸妈呢？"

我望着人群，护士正抬着我上救护车。这时，一辆黑色的轿车出现在我的视野里。我紧紧地盯着那辆车，直到车门打开，安秘书焦急地从车上走下来，我才黯然收回目光，扭头不想再看。

护士拦住韩以东和圆脑袋，说："只有病人亲属可以上车。"

圆脑袋急忙指着韩以东说："他是她朋友。"

于是护士让韩以东上车，把圆脑袋拦在了外面："你应该不是她朋友吧？"

圆脑袋在车外对韩以东喊道："大哥，我骑车去医院等你们。"

说着，护士关上了车门，带着我们离开。

车上，韩以东皱眉问："还没天黑呢，你们家怎么就进小偷了？不对啊，都快到吃晚饭的时间了，你家怎么一个大人都没有？你的爸爸妈妈呢？"

我不想回答，因为对我而言，有爸妈和没有爸妈有什么区别呢？他们永远在忙自己的事情，忙自己的生活，忙自己的事业。

"我一个人可以的。"我虚弱地说。

韩以东的眉头皱得更紧了，他抿紧了唇，神色严肃地看着我，不知道在想些什么。

车内静悄悄的。

突然，韩以东认真地问："你一直都是这样一个人吗？"

我挤出一抹笑来，故作轻松地说："一个人也没关系，你瞧，我一个人也可以制服小偷呢！"

"你是白痴吗？这次是你运气好。家里一个人都没有，你也敢住在那里，要是下一次你睡着了有人闯进去怎么办？"他生气地吼起来。

我缩了缩脖子，搞不懂他为什么这么生气。

似乎意识到了自己的失态，他不耐烦地说："总之，让你爸妈回来，要不然就让人陪着你。你一个人住这么大的房子，太危险了。你又不是孤儿，看上去却比孤儿还要惨，搞什么嘛。"

"韩以东，你为什么这么生气啊？"我望着他问。

一旁的护士笑起来，说："还能为什么？因为他担心你啊，你的朋友挺贴心的呢。"

她一句话让车内的温度迅速升高。

我的心怦怦乱跳起来，不敢看他的眼睛。我感觉自己的脸颊好烫，像是烧着了一样，心虚地嘀咕道："他不是我朋友……"

韩以东很不自然地看向别处，显得有些别扭。可是，是我的错觉，还是灯光的效果，为什么他的脸看起来那么红？

我和韩以东来到医院，圆脑袋骑着车抄近路，比我们先到。

一系列的检查后，医生开始询问我："是不是受到了撞击？有没有感到头晕恶心？"

我摇头说："没有。"

老实说，我现在一点儿都不觉得难受了，可能是因为手表的副作用已经消失了吧。

韩以东紧张地问："这已经是她第二次晕倒了，真的没问题吗？要不要给她照个片子看看？"

医生说："估计是因为惊吓过度，没什么大问题，不用照片子。"

韩以东说："可是她已经晕倒两次了，真的没问题吗？"

医生不悦地说："到底你是医生还是我是医生？你是在质疑我的专业能力吗？"

韩以东还想说什么，这时门外传来一阵急促的脚步声，接着，爸爸久违的声音传来："青柚，青柚在哪里？"

旁边的圆脑袋听见叫声，立刻跑了出去，挥舞着手大叫："夏青柚在这里。"

爸爸急忙跑进来，身后跟着安秘书。

见到我，爸爸立即一把将我抱住，紧张地问："你有没有受伤？吓死我了。青柚，你还好吧？"

韩以东说："如果真的这么担心你女儿，就在家好好陪陪她。你知道让一个女生一个人住在家里有多危险吗？如果她睡着了，如果小偷比较强壮，如果她受伤了，怎么办？"

爸爸扭头看向韩以东，皱眉问："你是什么人？"

韩以东看我一眼，说："她的同学。"

安秘书慌忙走过去，笑着对韩以东说："是你吧，报警的人是你吧，太感谢你了。"

韩以东冷冷地看他一眼，转身出去了。

爸爸抱着我，扭头问医生："医生，我女儿没事吧？"

医生说："目前来说是没有什么问题，但是她为什么会突然晕倒，我们还没检查出来，不能掉以轻心。你们做家长的，请对自己的孩子多用点儿心，不要出事了才后悔。"

爸爸愧疚地说："对不起，我会注意的。"

说着，他低下头，愧疚地看着我。

检查完身体没什么问题，我出院了。

爸爸带着我走出医院，说："青柚，对不起，让你一个人在家。我会跟你妈妈联系的，让她尽快回来。今天安秘书在家里陪你，明天我就请个保姆回来，以后再也不让你一个人待着了。"

不是安秘书就是保姆陪着我，那爸爸要去哪里？他还是要和以前一样，只顾忙自己的事业吗？

这样想着，我的心瞬间一片冰冷，我甩开他牵着我的手，问："为什么要请保姆？"

爸爸为难地说："对不起，青柚，爸爸最近有个项目赶着出成果。等忙完了这阵子，我就会多留些时间回家陪你了。真的，用不了多久，再等等爸爸。"

"我不要保姆。"我说着，眼泪掉下来，心里越来越难受，像有块千斤重的巨石压在心头，让我难以呼吸。

"我不要保姆，我不要安秘书，我一个人也可以。就算一个人，我也没有关系。"我哭着转身要走，爸爸急忙拉住了我。

"对不起，青柚，你不要哭。好，爸爸今天不回公司了，我们一起回家好不好？对不起，青柚。"见我这样，爸爸急忙道歉。

我抽开被他拉着的手，眼泪止不住地往下掉，难过地一个人往前走去。

是的，就算是一个人，就算是难过，就算是受伤，我也不需要别人，我一个人也可以，什么都无所谓。

灯火通明的医院门口，我垂着头，难过地哭着离开。和韩以东他们擦肩而过时，他们表情复杂地望着我，不知道是同情还是怜悯。

是啊，你瞧，那个成绩优异、不可一世的夏青柚，其实是这样可悲。

可是，没有关系，从很早前开始，我已经忘记了什么是幸福。习惯了孤独，习惯了一个人的坚强，什么事情我都可以自己搞定，我不需要别人的帮助。

第五章

CHAPTER

夏青柚，我们做朋友吧

05

CALLING
TIME'S GIRL

1

那天，爸爸和安秘书跟我回家了。吃完晚饭，爸爸就嘱咐我早点儿休息。可是，我还没睡着，就听见了开门的声音，接着有轿车发动的声音传来。

我起身，光着脚踩在冰冷的地板上走到窗前，看见他们开车离开。

夏青柚，你在期待什么，他能够在这个家里待上几个小时就已经很难得了。所以，不要难过了，这些对你而言都是最昂贵的奢侈品。

第二天是周末，不用去学校，我想要睡个懒觉。可是，醒来之后，我用了很长的时间逼自己再次睡着，楼下却传来"乒乒乓乓"的声音，锅碗瓢盆响个不停。

我被吵醒，烦躁地爬起来，迷迷糊糊地下楼。食物诱人的香味扑鼻而来，我瞬间清醒了。只见安秘书系着围裙，端着煎好的荷包蛋出来，笑着说："你醒了啊，来，吃早餐。"

桌子上有炒面、荷包蛋、吐司、麦片、牛奶、油条、包子、瘦肉粥……几乎所有能想到的早餐，桌子上都摆了。

我惊奇地坐下来，问："安叔叔，这些都是你做的吗？"

安秘书笑眯眯地坐下来，说："是啊，快去洗漱吧！我跟你爸爸商量好了，以后我就跟你住在一块，你的生活起居由我来负责。"

我撇嘴，问："不是说请保姆的吗？"

安秘书眨眨眼说："不请保姆了，因为这样，我就可以明目张胆地旷工了，而且你爸还不敢扣我工资。"

我"扑哧"一声笑起来，起身去洗漱。

吃完早餐，安秘书去公司了，我一个人坐在沙发上看电视。

这时手机响了起来，是芽芽打来了电话。

"青柚姐，你在做什么？"芽芽兴奋地问。

她的声音永远都是那么兴奋，就跟充满了电一样，永远都不会断电，活力满满。

我嚼着薯片说："看电视。"

她兴奋地问："你猜我在做什么？"

"不知道。"我连猜都懒得猜。

她激动地说："我在百汇大厦陈伊可的见面会现场。青柚姐，快点儿过来，好多人，好好玩。"

"陈伊可？就是那个歌唱得非常棒的大明星？你在哪里？我马上就过来。"我激动得跳起来，陈伊可可是我最喜欢的明星，她唱的歌超级好听呢。

"百汇大厦，快点儿过来吧。"芽芽激动地叫着，还没来得及挂断电话就尖叫起来："伊可，伊可，我爱你，就像老鼠爱大米，啊——"

这种老掉牙的口号我才不会喊呢。

我鄙夷地挂断电话，飞快地换上一条波西米亚风格的长裙，再披上一件牛仔外套，背上包飞快地跑出去，向着百汇大厦进发。

我在百汇大厦和芽芽会合。

她头上戴着米老鼠发箍，穿着一件红色的蓬蓬裙，挥舞着手里红色的爱心魔法棒，激动地冲我大叫："青柚姐，这里！快过来，可以和伊可合影！"

我气喘吁吁地跑过去，问："你这是什么打扮？真是太丑了。"

一分钟后，我头上戴着米老鼠发箍，手里挥舞着爱心魔法棒，和芽芽挤在拥挤的人群里，冲舞台上正在唱歌的陈伊可尖叫："伊可，伊可，我爱你，

就像老鼠爱大米——"

一个小时后，见面会结束了，我和芽芽牵着手在大厦里乱逛，一会儿看看衣服，一会儿看看鞋子，一会儿望着海报上的美食流口水，两个人嘻嘻哈哈地到处玩耍。

"青柚姐，我要去卫生间，你陪我吧。"逛了一会儿，芽芽捂着肚子说。

我抬头看指示牌，带着她去找卫生间，两人在大厦里转来转去。

"真是的，指示牌明明说是这里，可是到底在哪里啊？怎么找了半天都没看见厕所的影子？"芽芽捂着肚子郁闷地说。

我说："应该就在这附近，别着急，再找找。"

"可恶，这么大的大厦居然把卫生间建得这么偏僻！"芽芽一边抱怨一边继续和我一起寻找。

正找着，突然，芽芽拉住了我，紧张地把我扯到角落里，指着不远处说："青柚姐，你快看，是韩以东和惠美。"

什么？韩以东和惠美？

我抬头看去，果然，不远处，韩以东和惠美站在那里，不知道在说些什么。看惠美的样子，她好像很激动。

他们到底是什么关系？惠美不是金浩的朋友吗，为什么会和韩以东在一起？

"咔嚓！"

芽芽迅速摁下手机拍照键，把这一幕拍下来。

我低下头，皱眉问："芽芽，你在干吗？"

芽芽激动地说："这一幕不拍下来太可惜了。金浩要气疯了。"说到这里，她想起什么来，抬头问我："青柚姐，你真的没有和韩以东做朋友吗？"

"没有。"我抬头看着不远处的韩以东和惠美，心里很不是滋味。

"芽芽，我们走吧。"我拉着芽芽转身就走。

芽芽挣扎着说："哎呀，让我再拍几张嘛。"

"走啦。"

我拽着她离开。

不知道为什么，我非常不喜欢眼前的一幕，不，准确地说，是讨厌。我讨厌韩以东和惠美在一起。

这样看来，韩以东也不是什么好人。惠美是金浩的朋友，他怎么可以这么做？

"青柚姐，你的脸色好难看啊，你怎么啦？"细心的芽芽好奇地问。

"没什么。"我不悦地回答。

芽芽问："青柚姐，你该不会是在吃醋吧？"

什么？为了那个家伙？

开什么玩笑！韩以东和谁怎么样都和我没有关系，我之所以不开心是因为……是因为什么？

我绞尽脑汁，最后给自己想出了一个借口，我之所以这么不开心，是因为韩以东居然和惠美做了朋友。

这实在是太卑鄙、太无耻了。

没错，我不开心是因为韩以东做了这种事情，而不是因为我在乎他。

是的，我不在乎，他和谁怎么样，我一点儿都不在乎。

可是，我不开心。

我想，我应该调整心态，我的情绪不应该被韩以东左右。他和别人怎么样都与我无关，我应该从他的世界里走出来，我不想再和他有任何交集。

我，夏青柚，应该把所有精力都集中在学习上，而不是放在一个脾气暴躁、成绩差劲、跟我八字不合的人身上。

2

星期一，新的一周开始了。

我来到学校，一群人围在学校布告栏前叽叽喳喳地吵个不停。我好奇地挤进去。

挤进人群，我一眼便看到了张贴在布告栏上的东西，顿时惊得张大了嘴巴。

布告栏上贴的不是别的，正是惠美和韩以东的照片。

惠美和韩以东的照片怎么会在这里？

是谁贴出来的？

如果金浩知道了，后果不堪设想；如果韩以东知道了，那个把照片散布出去的家伙就麻烦了。

我想到了芽芽。当时只有我和芽芽看见了韩以东和惠美，只有芽芽才有这样的照片。所以，这张照片是芽芽贴出来的？

芽芽在做什么？

金浩、韩以东，还有惠美都不会放过她的！

这样想着，我吓了一跳，急急忙忙地挤出人群，跑到教室里。

教室里，芽芽像一只惊弓之鸟般紧张地望着门口。见到我，她一脸崩溃地扑过来，紧紧抱住我，带着哭腔喊道："青柚姐，救救我！"

看到她这副模样，我更加肯定了，照片是芽芽发布出去的。

我咬牙把芽芽拖到教学楼僻静的角落里，生气地问："照片真的是你散布出去的？"

芽芽带着哭腔说："我也不知道会这样，我知道韩以东和惠美的事情，守不住秘密，就跟恩慈说了。她知道我有照片就找我要了一张，她答应我看完后会立刻删掉的，可是她骗了我，她把照片散布出来了。"

我气不打一处来："别人说什么你都相信，要是韩以东和金浩知道是你把照片给恩慈的，你就麻烦了。"

"呜呜呜，青柚姐，你救救我，我不是故意的，呜呜呜……"芽芽害怕得哭起来，抱住我哀求道。

我头疼地抚着额头，实在想不出解决的办法，最后只好说："来，你把照片发给我。如果有人问起，你就打死也不承认照片是你散布出去的，明白吗？"

芽芽急忙点头，慌忙把照片发给我。然后，她奇怪地问："可是，青柚姐，为什么要把照片发给你啊？"

我说："你把手机里的照片删掉，现在有这张照片的人就只有我了。要是韩以东或者金浩找你，你就说照片是我散布出去的。"

"什么？青柚姐？"芽芽震惊地叫起来，然后拼命地摇头，激动地说："不可以，韩以东和金浩会找你麻烦的。"

"没关系，我可以应付他们。"我说。

其实我也没有把握，可是和芽芽相比，我有可以停止时空的手表。我可以随时随地逃走。可是芽芽不同，如果韩以东和金浩找到了她，她就麻烦了。

"不行，青柚姐！手机给我，我把照片删掉。"芽芽激动地叫着。

我挡住她，说："你忘记了吗？韩以东可是我的手下败将，我有秘密武器，韩以东和金浩都不是我的对手。"

芽芽还是不相信，担心地问："真的没问题吗？"

我说："放心吧，没有绝对的把握，我是不会这样做的，放心吧。"

"可是，青柚姐……"

芽芽还想说什么，我打断她的话，说："好了，现在就当什么事情也没有发生过，回去，上课。"

芽芽担忧地望着我，跟着我回到教室里。

一整天，学校里都阴云密布，天气也一样，阴沉沉的，一场暴风雨马上就要来临了。

放学后，布告栏上的照片被撕下来了，听说金浩气疯了，和韩以东打了起来。很多人都去看热闹了，只有我和芽芽待在教室里不敢出去，生怕出去了会更麻烦。

听说韩以东没有还手。最后保卫科的人来了，把金浩拉开了。金浩和韩以东被叫到了校长办公室，最后两个人都回家了。

第二天，金浩来学校了，可是韩以东像是失踪了一样。

第三天，天空越来越沉，放学的时候下起雨来。

我和芽芽撑着伞，沿着巷子走向地铁站。巷子里，有的院子里开满了蔷薇花，碧绿的爬山虎爬满了墙壁。我和芽芽谈笑着从两旁满是爬山虎的巷子里走过。

这时，巷子的尽头出现了一个人影，是韩以东。他穿着白色T恤和黑色外套，脖子上挂着那条项链，面无表情地朝芽芽走过来。

"韩，韩以东。"见到他，芽芽吓了一跳，颤抖着一动不敢动，呆呆地望着韩以东。

她被韩以东吓到了，因为他的脸色极其阴沉。他的样子吓人极了，就连我看了也打了个寒战。

我下意识地把芽芽护在身后，费力地吞了口唾沫，问："韩以东，你想做什么？"

韩以东无视我，紧紧地盯着芽芽，冷冷地问："照片是你散布出去的吗？"

芽芽吓得抓紧我的手臂，她浑身都在发抖，惊恐地望着韩以东，说不出话来。

我像一只护着小鸡的母鸡，死死地护着芽芽，说："不关芽芽的事，你有什么事就冲我来吧。"

韩以东走过来，冷冷地看了我一眼，说："夏青柚，不关你的事，你走开。"

他的样子真可怕。

手臂有些发抖，我咬紧下嘴唇，推开芽芽，挡在韩以东面前，豁出去般抬头看着他，说："韩以东，照片是我散布出去的，不信你可以看，我的手机里现在还存着那张照片，和芽芽没关系。"

说着，我拿出手机，打开照片给他看。

芽芽猛然回过神，叫起来："不是的，不关青柚姐的事，是我，照片是我拍的。"

韩以东的眼神陡然变了，他用力地挥手，打翻我的雨伞。

芽芽吓得叫起来，扑过来想要保护我："不关青柚姐的事，是我……"

"你给我闭嘴！"韩以东扭头怒吼一声。

芽芽吓得眼泪夺眶而出，呆呆地望着他，一动也不敢动了。

好可怕，这样的韩以东好可怕。

我吓得心都在颤抖了，可是我不能畏惧，事情已经到了这个地步，唯一能做的就是面对，不是芽芽面对就是我面对。

韩以东扭头看着我。

他俊美的脸扭曲着，不知道是因为愤怒还是因为难过。

半晌儿，他才咬牙切齿地问："夏青柚，为什么？"

我吓得后退一步，硬着头皮说："不为什么，高兴了，就散布出去了。"

这样说着，我的手指放在了手表的按钮上。如果他敢动手，我就立刻按下按钮，然后带着芽芽逃离。

"为什么？夏青柚，你就这样讨厌我吗？为什么偏偏是你？为什么？"最后几个字，他是怒吼出来的，接着突然出拳，狠狠砸过来。

我吓得心跳骤然停止，手指下意识地按下去。一瞬间，时间停止了，可是，我还是晚了一步，他的拳头打了我耳边的墙上。

天空中，雨滴凝固在我眼前，他的眼睛通红，雨水布满他的脸颊。

莫名地，望着他，我不由自主地伸出手触摸他脸颊上的水。那道从他眼角淌出的水痕，是眼泪，还是雨水？

韩以东，你在哭吗？

可是，为什么？

你脸上的悲伤是因为什么？是因为惠美，金浩，还是我？

这样想着，我的心像被什么刺痛了，手指不自觉地用力。"咔嚓"，我不小心按下了按钮，时间瞬间解冻。

他红着眼睛，愤怒地盯着我，咬牙切齿、一字一句地说："夏青柚，不要再让我看到你！"

说完，他转身离开。

望着韩以东远去的身影，芽芽长长地松了一口气，扭头看我，急忙跑过来给我撑伞，焦急地问："青柚姐，你没事吧？"

我失神地望着韩以东远去的背影，心里空荡荡的，怅然若失。

3

第二天，照片事件的始作俑者——我，成了全校的焦点。

有人看热闹，猜测韩以东和金浩会怎么对付我；有人咒骂我，因为我伤害了她们心爱的韩以东；还有人怨恨我，比如惠美。

放学后，惠美带着一帮人气势汹汹地走进教室。

106

教室里有人惊叫一声："惠美。"

我闻声抬头看去，惠美已经走到了我的面前，她抬起手，打了我一下。

"住手！"韩以东不知道是什么时候跑进来的，他急忙抓住惠美的手，拖着她就往外走，"你给我出来！"

"以东，你做什么？放开我，我要教训那个丫头，照片是她散布的！"惠美一边挣扎一边大叫，但还是被韩以东拖出去了。

圆脑袋跟在韩以东身后，扭头看我，目光落在我的脸上，一副欲言又止的样子，最后问："你没事吧？"

芽芽生气地摸着我的脸叫起来："怎么可能没事？"

圆脑袋说："所以说嘛，你干吗要把照片散布出去？真是的。"说完，他皱眉、跺脚、转身，急匆匆地跟着韩以东离开。

他们都走了，所有人的目光都落在我身上。

"她不是在和韩以东做朋友吗？为什么要把照片散布出去？"

"报复，报复你知道吗？听说韩以东和惠美在一起了，她为了报复韩以东，所以把照片散布出去了。"

"哎呀，活该，居然做这种事。"

"可是，惠美也不对啊，真是见识到了。"

"对嘛，有了金浩还不够，真讨厌。"

各种各样的议论都有，我疲惫得不想再听。

芽芽心疼地捧着我的脸，看着看着，眼泪"吧嗒吧嗒"的掉下来。

她抽抽噎噎地哭着，边哭边道歉："对不起，青柚姐，都是因为我……"

我挤出一抹笑容，安慰她，说："没事，我没事。"

不就是被打了一下吗？我没事。可是，韩以东和惠美真的在做朋友吗？

想到这里，我的心情一片灰暗，低头看着课本。那些字符开始扭曲，仿

佛蒙了一层水雾一样。

它们说:"夏青柚,承认吧,你在意他。"

"不,我不在意。"我轻声说,像是说给它们听,又像是说给自己听。

韩以东已经找过我了,惠美也找过我了,接下来应该轮到金浩了吧。不知道他会怎么对付我呢!

放学后,芽芽坚持要送我回家。

地铁上,她内疚地看着我,难过地说:"青柚姐,要不我去跟他们说清楚吧,事情根本就不是你做的,你没有必要承担这一切。"

我说:"已经到了这个地步了,算了,我可以扛下去。"

芽芽难过地撇撇嘴,又快要哭出来了,她带着哭腔说:"青柚姐,我长这么大,从来没有人对我这么好过。"说着,她扑进我的怀里,抱住我哭起来,"谢谢你,青柚姐。"

我揉了揉她柔顺的头发。老实说,长这么大,从来没有人像她这样关心过我,所以做这一切在我看来都是值得的。

我以为金浩一定会找我麻烦,可是一天过去了,他没有来找我。

第二天,他还是没有来找我。

第三天,惠美向金浩提出了分开,轰动全校。

金浩约了韩以东上天台。

"为什么还没有结束?他们到底要闹到什么时候?"芽芽紧张不安地絮絮叨叨,没完没了。

教室里空荡荡的,只剩下我和芽芽。

我看着书本,说:"你要是不放心就去看看呗。"

芽芽抓狂地抱着脑袋说:"怎么办?青柚姐,我总觉得自己是个罪人。早知道这样,我就不拍照了。啊啊啊,烦死了。"

我看着书本,可是心思全不在上面。

我想知道天台上发生了什么，韩以东和金浩怎么样了，惠美怎么样了，可是我不敢上天台，我害怕面对韩以东。

那是他们之间的事，跟我根本无关，我和他们的纠葛到此为止吧，我和他们本来就是两个世界的人。

4

我紧紧盯着书本，这时，教室外一阵骚动。随着脚步声接近，一群人向教室里跑来。我低头看着书本，身边的喧嚣与我无关。

有人跑进了教室。

芽芽惊叫起来："韩以东！"

韩以东？

我奇怪地抬头。

韩以东深邃的眼睛盯着我，说："和我做朋友吧，夏青柚。"

"啊？"旁边，芽芽瞪大眼睛发出一声惊叹。

什么？他在说什么？这是不是又是他玩的把戏？和上次一样，是为了骗金浩？

这家伙，真的要和我做朋友！

我吓了一跳，猛然惊醒，一脸震惊地瞪着他，结结巴巴地说："你，你说什么？"

韩以东抓起我的手，用力地把我从椅子上拉起来，扭头对惠美说："她才是我的朋友。"

惠美快要崩溃了，不相信地叫起来："你骗人，你根本就不喜欢她。"

韩以东没有看她，目光落在金浩身上，说："我还是那句话，我不喜欢惠美，所以管好她。你们怎样，都跟我没有关系，不要再出现在我的视线范围

里。"

大家叽叽喳喳地议论开了。

惠美的脸色难看到了极点，她难以置信地望着韩以东，哭起来："我不相信，你明明是在乎我的，你明明喜欢我……"

金浩的脸色也很难看，他走过去拉住惠美，说："不要说了，惠美，走！"

惠美用力地甩开他，哭着冲他怒吼道："不用你管，都怪你，你为什么要多管闲事？我跟以东的事情跟你有什么关系？你为什么要一次次地找他算账？现在你满意了吗？金浩，我讨厌你，我恨你！"

她哭着用力地推开他，转身跑开。

金浩脸上布满悲伤，他难过地望着跑开的惠美，手足无措。突然，他回头看着韩以东，眼神冰冷，然后推开人群，头也不回地离开了。

我呆呆地看着眼前的一幕。这到底是怎么回事？惠美和韩以东还有金浩，他们演的到底是哪一出？

还有，韩以东刚刚要我跟他做朋友，是随便说说的吧，是为了让惠美死心才故意编出来的谎话吧？

"韩以东……"

我才张嘴，韩以东就松开了我，打断我的话。

他说："放学后等我。"说完，就穿过人群离开了。

呃？他就这样走了？

刚刚到底是怎么回事？

还有，说什么和他做朋友，是假的还是真的？

我一头雾水地望着他的背影。

圆脑袋笑嘻嘻地回头看我，然后跟着他离开。

芽芽也被弄得一头雾水，她抓着我，迷迷糊糊地问："青柚姐，他刚刚

110

说的是什么意思？你和他不是没有关系吗？他，他刚刚在说什么？"

我也不清楚那家伙到底在干什么。

他那么说，是为了拒绝惠美，所以拿我当借口吗？

不管了，放学时再跟他问清楚，看看他到底在玩什么把戏。

放学后，我和芽芽走出校园。韩以东和圆脑袋他们在校门口等我。看到我，韩以东立马丢给我一个头盔，跳上山地车，酷酷地说："上车。"

"干吗？"我不解地问，他要带我去哪里？

"上车。"他用命令的口吻再次说道。

圆脑袋说："上车吧，青柚姐，我们不会把你怎么样的。"

什么？青柚姐？我听错了吗？圆脑袋居然叫我青柚姐？

我爬上车子后座，圆脑袋载着芽芽，我们穿过城市，经过绿树成荫的街道，最后来到海边。

韩以东终于停下来，跳下车。

我跟着跳下车，问："韩以东，你带我来这里到底想做什么啊？"

圆脑袋和芽芽远远地停下来，芽芽想要过来，却被圆脑袋拉住，远远地望着我们。

韩以东低头在口袋里掏着，掏了半天掏出两根棒棒糖来，递给我一根："喏，拿去。"

我一头雾水地接过棒棒糖，不解地看着他。

他叼着棒棒糖抬头看我，说："夏青柚，做我的朋友吧！"

什么？他在说什么？他是认真的吗？

我瞪大了眼睛，呆呆地看着棒棒糖，又抬头看他，问："你该不会觉得用一根棒棒糖当诱饵，我就会做你的朋友吧？"

他奇怪地问："不可以吗？"

我彻底无语了。

"为什么？"我问。

为什么他要我做他的朋友？是因为惠美吗？还是因为金浩？他是在拿我当借口还是当挡箭牌？

韩以东问："什么为什么？"

我耐着性子说："为什么让我做你的朋友？是因为惠美吗？"

听到"惠美"两个字，韩以东的脸色变得不太好看。

他飞快地说："不是。"

不是因为惠美？那是因为什么？

"因为金浩？所以你才骗他们说要和我做朋友？"我奇怪地问。

他眼神古怪地瞪着我，说："夏青柚，难道我就不能喜欢你吗？"

什么？

我吓得不轻，瞪大了眼睛，像看外星人一样瞪着他。

他的脑袋没坏掉吧？

他说什么？

他说他喜欢我？

"你那是什么表情？我和你做朋友跟别人有什么关系？不要扯到惠美和金浩身上去。你只要记住，从此以后，你就是我的朋友了。"他霸道地说。

我惊得下巴都快掉到地上了。

猛然回过神后，我的脸烫得几乎可以煎鸡蛋了。我瞪着他，结结巴巴地说："韩，韩以东，你，你不会是认真的吧？你真的要和我做朋友？"

他瞟了我一眼，一副高傲的模样，说："怎么样，是不是很感动？"

噗——

我要吐血了。

"如果我说不呢？"我小心地问。

他脸色一变，目光充满危险意味，紧紧盯着我靠拢过来，咧嘴，皮笑肉不笑地说："夏青柚，我们还有很多笔账没有算清楚，要不要和你算一算？要不是因为你，我会被金浩逼到这种地步吗？惠美会对我纠缠不休吗？这一切都是你搞出来的麻烦，所以，你愿意也好，不愿意也好，都得给我顶着，跟我做朋友。"

我心虚地瞪着他。

好吧，照片事件的后果我是得承担。可是，他刚刚说了吧，他被金浩和惠美逼到这种地步，所以说，他和我做朋友是为了应付惠美和金浩？

"韩以东，你和我做朋友该不会是为了应付惠美和金浩吧？"

他说他喜欢我，我才不相信。

"不是。"他斩钉截铁地否认。

我狐疑地盯着他，问："真的？"

他眼珠子一转，低头看我，最后不耐烦地说："好啦，我承认，有那么一点点原因，但是，最主要的还不是因为……"说到这里，他瞪着我，脸颊有些发红，不耐烦地转身走向海边，嘀咕着："真是烦死了，为什么女人都这么啰唆？"

"可是，韩以东，我绝对没有答应和你朋友。"我追在他后面喊。

"闭嘴。"他不耐烦地说。

"你休想用一根棒棒糖搞定我。"我不满地大叫。

"啰唆。"他不耐烦地说道，沿着沙滩越走越快。

我在他后面跟跟跄跄地边追边喊，他不耐烦地回应着，最后干脆连敷衍都懒得敷衍了，弯腰开始捡贝壳。

"韩以东，我跟你说话，你听见了吗？回答我呀。"我气呼呼地说。

突然，他停下来，转身递给我一个海螺，说："拿着。"

"干吗？"我不满地问。

这人的态度实在是太差了！

　　我接过海螺，只见他手里拿着一个白色的海螺，而我手里拿着的是一个紫色的海螺。

　　他看着我，对着海螺一脸认真地说："喂？喂？是夏青柚吗？"

　　他在干吗？为什么对着海螺讲话？

　　我瞪着他。

　　他看着我，嘴角扬起一抹坏坏的笑，对着海螺说："跟我做朋友吧，我喜欢你。"

　　"扑通，扑通！"

　　心瞬间怦怦乱跳起来，我傻乎乎地望着他。

　　他放下海螺，说："对你的海螺说点儿什么吧。"

　　"啊？"我傻乎乎地回应，在他的目光下鬼使神差般拿起海螺，下意识地说："韩以东。"

　　他坏坏地笑着，看着我，问："喜欢我吗？"

　　"啊？"我的心跳得更加厉害了，瞪大了眼睛看着他。

　　他笑起来，跟我交换了海螺，说："如果想我了，拿起海螺听一听，就能听见我的声音了。"

　　"怎么可能？你当这是录音机啊。"我红着脸反驳。

　　他笑望着我，试探地问："夏青柚，这个加上棒棒糖，应该可以了吧？"

　　呃！

　　这就算可以了？

　　我气得快吐血了。亏我刚刚还对他有一点点心动，他就这么懒吗？他以为一根棒棒糖和一个海螺就能搞定我吗？

　　只听到他说："我又没有喜欢过别的女生，你是第一个。"

　　"扑通！"

我的心剧烈地跳起来。

我是他第一个喜欢的人？

喂，夏青柚，你在想什么？怎么回事？为什么你的脸这么烫？你在害羞什么？你在高兴什么？难不成，你真的喜欢上这个人啦？

他继续说："都是别人喜欢我，我哪知道怎么喜欢别人。"

什么嘛，好像很多人喜欢他似的。

不过，好像的确有很多人喜欢他。

"对了，夏青柚，你干吗要把照片散布出去？金浩和惠美的关系本来就不稳定，你这么一弄，他们俩闹着要分开，都来找我，烦死了。"他开始和我算旧账。

"他们干吗都来找你？对了，你和惠美到底是什么关系？"我好奇地问。

韩以东撇嘴说："就是那样的关系喽。"

我说："听说你以前和金浩是好朋友，可是为什么会变成现在这个样子？"

韩以东不想聊这个话题，敷衍地说："很复杂，你没必要知道。"

我狐疑地问："该不会是因为惠美吧？"

韩以东眼神复杂地看着我，最后收回目光，沉思了片刻，说："我和金浩还有惠美，其实是一块长大的，从前我们的关系很好，金浩是我最好的兄弟，惠美是我最疼爱的妹妹，我把他们当成自己最亲密的人。直到后来，一切都变了。"

我惊讶地张大了嘴巴，静静地听他讲述。

原来，韩以东、金浩、惠美一直是校园里的铁三角，是最好的朋友和伙伴。他们从幼儿园起就是同学，一直到现在。两年前，惠美向韩以东告白了，韩以东没想到惠美会喜欢自己，可是他一直都把惠美当妹妹看待。

那天，惠美约他在学校操场上见面，韩以东没有把她的话放在心上，当她是在开玩笑，然后转身就走了。结果惠美哮喘病发作，倒在了操场上。是金浩发现了她，把她送进了医院。

那一次发病，其实药就在惠美身上，可是她没有用药，差一点儿就死掉了。韩以东很自责，即使后来三个人闹翻了，他身上也一直带着哮喘病喷雾剂。

"金浩喜欢惠美，所以你们闹翻了？"听到这里，我猜测道。

金浩和韩以东闹成这样都是因为惠美吧！

韩以东点头说："是的，金浩喜欢惠美。那次之后，惠美就和金浩做朋友了。金浩彻底和我决裂了，我们的敌对关系一直持续到现在。就像你看见的，我们从最好的朋友变成了敌人。"

我想起金浩的话，他曾经问我知不知道什么叫背叛，他指的就是这件事吗？可是，韩以东并不喜欢惠美啊，也没有和惠美在一起，他为什么说韩以东背叛了他？

我正想着，这时，远远地，圆脑袋和芽芽跑了过来。

圆脑袋搓着胳膊，缩着脖子，说："你们讲完了没有？海边好冷啦。我肚子饿了，大哥，我们什么时候回去？"

韩以东牵着我就走，说："好了，回去吧。"

我们来到美食城，这里有烧烤、奶茶、新鲜的起司蛋糕，还有各种各样的地方美食。芽芽兴奋得跟发现了新大陆一样，拽着圆脑袋到处跑。

"这个看起来好好吃，我们吃这个试试。"芽芽拽着圆脑袋，指着橱窗里的草莓糖葫芦兴奋地叫起来。

圆脑袋不满地撇嘴，说："可是我想吃那边的臭豆腐。"

"先买这个啦，快点儿。"芽芽兴奋地拽着圆脑袋说。

韩以东牵着我来到一家起司蛋糕店前，说："这里的蛋糕很好吃。"

我拒绝道："我不吃甜食。"

三分钟后，我嘴巴里塞满了起司蛋糕，我一边咀嚼一边惊喜地叫起来："哇，这个蛋糕的口感真好！"

韩以东笑着牵着我在人群里穿梭，一边走一边说："那边有一家烤鱼店，味道很好，我和闵彦经常来吃。还有，那边有一家泡芙店。哦，这家的奶茶你不要喝，太甜了……"他牵着我，一边走一边介绍。

芽芽和圆脑袋在前面兴奋地乱窜，到处买吃的。

我们正走着，迎面惠美和金浩等人走了过来。惠美看起来很不高兴，金浩皱眉跟在她身后，旁边的小跟班手里拿着很多吃的。乍看上去，感觉惠美像公主一样，而金浩和那群小跟班就是她的仆人。

可是，这个公主不开心，特别是看到韩以东和我，她漂亮的脸瞬间变得惨白，难看到了极点。

"以东？"看见我们，惠美走过来，目光落在韩以东牵着我的手上。

我下意识地想要抽回手，韩以东却握紧我，像没有看见她一样牵着我穿过人群离开。

"以东，你站住。"惠美叫起来。

我回头看去，金浩拉住了她。她难过地望着韩以东，用力地挣扎着，想要甩开金浩追过来。

我回头看韩以东，他面无表情，像没有看见一样。

因为惠美和金浩他们也在美食城，我们便没有兴趣再逛下去了，韩以东送我回家。

我捧着海螺站在家门口，韩以东坐在山地车上冲我招手，说："我走了，早点儿休息。"

"拜拜。"我冲他挥手，转身进屋。

回到家里，安秘书站在窗户前看着远去的韩以东，然后扭头看我，笑起

来："你的朋友？"

我的脸瞬间滚烫，别扭地说："才不是呢，还不算。"

我才不承认那家伙是我的朋友，你见过用一根棒棒糖和一个海螺追求别人的吗？一根棒棒糖和一个海螺就想搞定我，可没那么容易。

"不过那小子长得挺帅的。"安秘书笑着说。

这倒是真的，那小子长得的确挺帅的。

他就是我的朋友？

是的，我们要开始做朋友了。

第六章

CHAPTER

分开吧，韩以东

06

CALLING
TIME'S GIRL

1

第二天，全校学生都在讨论我和韩以东做朋友的事情。

下课后，惠美来找我。她带着一群女生闯进教室里，居高临下地看着我，态度很不好，脸色难看地说："夏青柚，你出来一下，我想和你谈一谈。"

芽芽立刻站起来，挡在我前面，警惕地盯着惠美说："有什么事在这里说吧，谁知道你们又想耍什么花样！"

惠美推开她，挑衅地对我说："怎么样，你不敢来吗？夏青柚。"

我站起来，问："去哪里？"

"操场。"她说完转身就走。

"青柚姐。"芽芽紧张地抓住我。

我用眼神安慰她，轻轻推开她的手，说："没关系。"

然后，我跟着惠美她们走了出去。

操场上，惠美停下来，她身边那些小跟班也停下来，盛气凌人地看着我。

我走过去，芽芽跟在我身后，紧张地望着她们。

"说吧。"我停下来，开口说道。

惠美走过来，声音突然软下来，一脸难过地看着我，问："夏青柚，你要怎样才肯跟韩以东分开？你要什么我都可以给你。拜托你，跟以东分开好不好？"

我问："我为什么要分开？"

惠美上前一步，拉住我的手，用乞求的眼神看着我，说："求求你，把以东还给我好不好？你要什么我都可以给你，只要你把韩以东还给我，你说什么我都会答应，好不好？"

我皱眉，抽回被她握着的手，说："如果你找我是为了这件事，那么我的答案是，我不会答应你的。"

说完，我转身就走。

"夏青柚！"惠美立刻翻脸，怒吼道，"你以为他真的喜欢你吗？你对他有多了解？你知道他的过去吗？你知道他是个什么样的人吗？你以为他真的在乎你吗？他真正在乎的人是我！"

我停下脚步，心里一阵烦躁，转身对她说："我不知道他是个什么样的人，也不知道他过去是什么样的，可是他愿意了解我是个什么样的人，他愿意接受我的现在、过去和未来，这样就足够了。"

我的话令惠美的脸色瞬间变得苍白。

她讽刺地笑起来，说："夏青柚，你少得意了，我和他相处了十几年，你和他在一起才几天的时间，你真的以为他喜欢你吗？他不过是和你开玩笑而已。"

我说："真正喜欢一个人只要一眼就能肯定，时间什么也证明不了，不是吗？"

惠美的脸色更加难看了。

看着她，我突然觉得她真的很自私。她明明有了金浩，却死缠着韩以东不放，这样对金浩是不公平的。

"惠美，你知不知道，你这样真的很自私？你让我把韩以东还给你，可是金浩呢？金浩是你的朋友，你有没有想过他？"

我无法明白，为什么放着喜欢自己的人不要，却对一个不喜欢自己的人念念不忘？

"你懂什么？你什么都不知道，没有资格教训我。我和以东之间的事和金浩没有关系，从一开始我就不喜欢金浩，我喜欢的人是韩以东。"惠美叫起来。

"既然你喜欢的人是韩以东，为什么你却是金浩的朋友？既然你是金浩的朋友，那就尊重自己，尊重金浩，不要再和韩以东纠缠不清了。"我一针见血地指出来。

惠美气愤地叫嚣道："你什么都不明白，我喜欢的人是韩以东，和金浩在一起只是为了让他明白我在他心里的地位，我只是想要他重视我、看见我。"

她说着，眼泪掉下来，攥紧了拳头，抿紧了唇，倔强地望着我。

"你知道喜欢一个人是什么感觉吗？我喜欢他很多年了。你什么都不懂，可是你一出现就抢走了我的所有。夏青柚，我不会放过你的，绝对不会。"惠美说着，恶狠狠地瞪了我一眼，转身离开。

她喜欢韩以东喜欢了很多年？那需要多少执着和勇气？

我望着惠美离开的背影发呆。

芽芽拉住我，说："青柚姐，别理她，她太贪心了，明明有了金浩却还惦记着韩以东，太过分了吧。"

我回过神，说："我没事，咱们回去吧。"

2

我们回到教室里，班长立刻跑了过来，说："夏青柚，老师让你把今天收的作业本拿过去。"

"嗯，好。"我说着，走到座位旁，抱起作业本往办公室走去。

办公室里，老师正埋头批改作业。

我在门口停下来，敲了敲门，喊了声："老师。"

老师回过头，见到我笑了起来，招手说："进来吧，夏青柚。"

我进去，把作业本放在桌上转身准备走，老师叫住我，说："对了，夏青柚，这个学期的秋季运动会，校长希望你来组织。你担任学生会主席没多久，我们都很期待你的表现。"

"让我来组织？"我惊讶地问，没想到老师会把这么重要的工作交给我。

老师说："我相信你一定可以办好，因为以前的活动都是金浩组织的，可是校长和我更希望这次的活动由你来组织，可以吗？"

"好，没问题。"我答应下来。

校长把秋季运动会交给我来组织，老实说，这是我第一次组织这样大的活动，但是没关系，这些都难不倒我。只是，如果学生会要组织这次的运动会，那么就意味着我势必要和金浩打交道了。

放学后，韩以东、圆脑袋和我们一起回家。

前往地铁站的路上，韩以东问："今天惠美找你了？"

芽芽立刻说："对啊，她还叫青柚姐离开你，真讨厌，她当自己是谁啊！"

圆脑袋不满地说："别管她。"

我满不在乎地说："没关系啦，我一点儿都不在意惠美。但是现在有一件事让我头疼。校长让我组织今年的秋季运动会，你们都知道金浩是学生会副主席……"

"什么？那你岂不是要和金浩一起做事啦？"芽芽惊讶地问。

我抬头看着韩以东，点头说："对啊。"

圆脑袋摸着脑袋说:"那是有点儿麻烦呢!以现在咱们和金浩的关系,我怕他会为难你呢!要知道,学生会里大部分都是他的人。你虽然是学生会主席,可是没有根基,大家未必会听你的话呢。"

韩以东偏着头想了想,说:"闵彦,我们加入学生会。"

"可以吗?你们可以加入学生会吗?"我不解地问。

韩以东咧嘴一笑,说:"只要你做学生会主席的答应,就没有问题。"

"我也去我也去。"芽芽高兴地举手叫起来。

如果韩以东真的能来学生会帮我,那实在是再好不过了。有他在,我就什么都不怕了。

夕阳下,城市街头,我、韩以东、芽芽、圆脑袋谈笑着往地铁站走去。

谢谢时光,让我遇到他们。即使未来漫长,我也不会觉得孤独。

第二天,我带着韩以东他们来到了学生会大本营。这里是一间单独的办公室,学校专门留出来给学生会的成员用的。

我打开门走进去,看到里面沙发、茶几、办公桌摆放整齐,金浩和一群人坐在那里,有的在玩手机,有的在打游戏,有的在看书,还有的在喝茶、吃蛋糕。

整个办公室的气氛一派悠闲,直到我们出现,才打破了这份宁静。

"怎么回事?韩以东来这里做什么?"金浩的小跟班瞪着我们叫起来。

我看着金浩说:"从今天开始,韩以东、闵彦,还有芽芽,都将成为学生会的成员。"

话音刚落,整个办公室都沸腾起来。大家纷纷站了起来,看向我们这边。

金浩从沙发上站起来,讽刺地笑着说:"学生会成员?韩以东什么时候加入的?谁批准的? 我可不知道我们有一个新成员叫韩以东。"

芽芽上前一步,说:"从现在开始,我们就是学生会的人啦。"

"搞什么啊，你以为学生会是说进就能进的吗？"人群里有人叫起来。

我示意大家安静，然后掷地有声地说："我是学生会主席，成员加入，我有资格决定。"

"你说了算？夏青柚，你以为这是哪里？你不要搞错了，这里没有人会听命于你。"金浩挑衅地说，"你招来的人，我们不认可。"

"没错，我们不认可。"金浩的小跟班跟着起哄。

我皱眉环视他们，还想要说什么，韩以东却拦住了我，自己走上前去，冷冷地看着金浩，问："怎样，你不敢吗？"

金浩皱眉反问道："你说什么？"

韩以东嘴角一扬，讽刺地笑道："金浩，你是害怕面对我吧！怎么？你就这么不敢让我加入学生会吗？因为你怕我。"

金浩的脸色瞬间变了，他上前一步，紧盯着韩以东，反唇相讥："我怕你？我会怕你？韩以东，这世上就没有我金浩害怕的东西。你要加入学生会，可以。"

说着，他扭头看向我："夏青柚，我们走着瞧！"

说完，他转身离开了，跟班们也跟着他离开了，最后只剩下我、韩以东、芽芽和圆脑袋。

望着空荡荡的屋子，我不禁皱眉。看样子，整个学生会果真都是金浩的人。老师让我组织运动会，我该怎么调动金浩的人呢？

运动会的通知很快就下发到各个班级了。眼看离举行运动会的日子越来越近，我却什么都没有开始布置。虽然韩以东他们都在帮我，可是单凭我们四个人的力量，能做的真的非常有限。

而且，学校规定，学生自己的事情是不准请外面的人来帮忙的，也不能占用非学生会成员的学习时间。

离运动会开幕还有一个星期，主席台必须尽快搭建起来，可是，如果我

们自己搭,实在是太耗费时间和精力了。

"材料我去仓库里弄来,你和芽芽看看还有什么要布置的。"韩以东说。

圆脑袋摩拳擦掌,说:"放心吧,力气活就交给我们男生吧。"

我皱眉说:"可是即便这样,单凭我们四个人,进度还是很慢。"

芽芽生气地说:"最可恶的就是金浩啦!我给其他学生会成员打了电话,他们都不来,因为金浩吩咐过,谁都不许来帮我们,金浩就是故意想让我们难堪。"

我们四个围在一起正讨论着,这时,我身后传来惠美的声音。

"夏青柚,你不是很了不起吗?为什么只有你们四个?为什么没有人来帮你们?"惠美怪声怪气地说着,领着她那帮跟班过来。

看见韩以东,她立刻换上乖巧的笑脸,亲热地喊了声:"以东。"

韩以东面无表情地看了她一眼,收回目光,对我说:"青柚,时间不早了,我们还是快点儿动手吧。"

惠美急忙叫住了他,说:"以东,我可以帮你。"

韩以东停下来,回头问她:"什么?"

惠美笑着说:"我知道你们需要人手,只要我一个电话,他们立刻就会过来帮忙。"

惠美搞什么鬼?她会这么好心吗?金浩让人不要过来,她却说她可以找人来,怎么回事?

芽芽警惕地盯着她,说:"你会这么好心?说吧,你有什么要求?"

惠美冷冷地瞥了芽芽一眼,扭头对韩以东笑着说:"我只是心疼以东。以东,我只是想要帮你的忙。"

韩以东抿唇看着她,并不说话。

惠美看了我一眼,拿出手机立刻打起电话来。

电话接通了，她用命令的语气说："金浩，让他们都过来帮忙……我不管，如果十分钟后我看不到他们，你就看着办吧。"

说完，她立即挂断了电话，笑着对韩以东说："以东，请你再等十分钟，十分钟后人就来了。"

韩以东不说话，转身继续做自己的事。

3

不一会儿，金浩带着一大群人过来。他的脸色很难看。

见到他，惠美拉下脸来，没好气地说："怎么现在才来？快点儿，让他们去帮忙，不要闲着。"

金浩身后的那群人望着金浩。金浩脸色难看地说："听夏青柚的，她让你们做什么你们就做什么。"

于是大家朝我这边走来："说吧，有什么要做的？"

我慌忙给大家指派任务："你们四个去把铁架拿来，你们三个去拿彩旗，还有你们……"

虽然我很不喜欢惠美，可是托她的福，一下子多了这么多人手，主席台搭建工作进行得非常顺利。

我在一旁指挥他们搭建主席台。惠美走过来，望着忙碌的大家说："夏青柚，我知道现在以东和你在一起，可是这什么也代表不了。你知道吗？我、韩以东、金浩，我们是一起长大的，我们的感情远比你想象得更加深厚。所以，不管我们怎么吵，怎么闹，一旦他有需要，我还是会毫不犹豫地去帮助他、保护他，就像不管遇到什么，他都会第一时间来保护我一样。"

我漫不经心地说："是吗？"

惠美扭头看着我。显然，我这样毫不在意的态度令她不满。

她说："你不相信？我们可以来打一个赌，赌一赌关键的时候，他是帮你还是帮我。"

"幼稚。"我吐出两个字来。

惠美不屑地嗤笑一声，挑眉说："怎么样？夏青柚，你不敢打赌吗？还是说，其实你心里也明白，韩以东根本就不喜欢你，他和你在一起不过是为了气我？好吧，也许他是有那么一点儿喜欢你，可是，他对你的喜欢跟对我的喜欢无法相比。"

她成功地刺激到了我，我扭头看她，问："怎么赌？"

惠美拉着我走向主席台，突然抓住我的手，按在自己胸前，诡异地笑着说："夏青柚，你输了。"

话音落下，她尖叫一声，身子往后倒去，而我的手在她的胸前，看起来就像是我把她推向了铁架。

我始料未及，只能眼睁睁地看着她。

"哐当！"随着她的尖叫响起，被砸中的铁架散了，头顶的铁架轰然倒下。

一旁，韩以东和金浩同时发出一声惊叫。

"惠美！"

异口同声的叫喊从他们嘴里发出。

我回头看韩以东，他是那样慌张和担心，他不顾一切地跑过来，扑向惠美。

"哐当！"铁架从空中掉落下来，砸在我和惠美身上。韩以东从我眼前跑过，不顾一切地扑向惠美，抱住她。

空中，一个巨大的铁架落下来，砸向韩以东。

"韩以东！"我惊叫一声，想要把他拉过来，可是我跑不过铁架落下的速度。

眼看铁架就要砸中他了，情急之下，我瞥到了自己手腕上戴着的手表。没有多想，我迅速按下了宝石按钮。

"咔嚓！"

一瞬间，时间静止了，铁架停在空中。我缓缓走向韩以东和惠美。他以保护的姿势抱住了她，她躲在他怀中，铁架距离他的头只有几厘米。如果我晚一步按下按钮，他就会被铁架砸中。

可是，他选择了保护惠美。

凝固的时间里，我看见了他脸上的紧张和担心。我颤抖着伸出手，碰触他帅气的脸。一股刺痛从指尖蔓延到心脏，我怔怔地望着他，一滴眼泪仓皇落下。

韩以东，你喜欢惠美吗？

你喜欢的人是她？

所以，你奔向的人是她，你想要保护的人，也是她。

那么我呢？

我算什么？

韩以东，你为什么和我做朋友？

是因为惠美吗？

"韩以东……"

一瞬间，我的心一片荒凉，视线一片模糊，心被什么揪起来，那样疼，疼得像被什么钻了一个洞。

夏青柚，你哭了吗？为什么要哭？因为他保护的人是惠美？还是因为他喜欢的人是惠美？

夏青柚，你到底算什么？

韩以东，对你而言，我到底算什么？你喜欢我吗？

有人说，恋爱中的女人是贪婪的，她们想要的东西总是无穷无尽。可

是，她们同时也是最容易满足的，如果你肯把心留给她，她什么都可以不要。

他说他喜欢我，他说我是属于他的，我很开心。可是我忘记了，他并没有说他是属于我的。我忘记了，他也可能喜欢别人。

韩以东，对你而言，我到底算什么？

我用力地把铁架推到一旁，然后按下按钮。

"咔嚓！"时间解冻。

"轰！"

铁架砸落在他们身旁。

我站在他们面前，悲伤地望着抱在一起的两人，耳边是金浩和大家惊慌的叫声："惠美。"

金浩跑过来，用力地推开韩以东。韩以东被推开，惠美在金浩怀里瑟瑟发抖，眼角带泪。

大家愤怒地围拢过来，指着我叫起来："夏青柚，你太过分了，你知不知道那样做有多危险？你差点儿害死惠美。"

"太可恶了，居然把人往铁架上推。"

"夏青柚，你太恶毒了。"

他们叫骂着，我却已经什么都听不见了。

我抬头看着韩以东，他表情复杂地看着我，难以置信地问："夏青柚，你怎么可以这么做？"

"青柚姐，你没事吧？"芽芽跑过来担心地问。

韩以东用陌生的目光看着我："夏青柚，你怎么可以那么做？你知道刚才有多危险吗？如果铁架砸中了她，你知道后果有多严重吗？"

他的表情是那样生气，仿佛我犯了什么不可饶恕的罪。

我脑中一片混乱，惠美在金浩怀里嘤嘤地哭着，她抬头看我，嘴角露出一抹得意的笑，只一下，那笑容又消失不见。

她嘤嘤地哭着，漂亮的脸蛋梨花带雨，手紧紧抓着金浩的衣服，说："我好怕，呜呜呜……"

金浩愤怒地抬起头，冲我叫起来："夏青柚，你太过分了，惠美让我们来帮你，可是你居然把她推向铁架，你怎么可以这么恶毒？"

"对啊，这样歹毒的人居然能做学生会主席，没天理。"

"成绩好有什么用，心肠这么歹毒。夏青柚，你不会有好下场的。"

可是，此刻的我心乱如麻，已经完全没有心思去理会这些非议了。

惠美陷害了我，她向我证明了我所谓的喜欢是多么不堪一击。当铁架砸落的一瞬间，韩以东扑过去保护的人是惠美，不是我。

有时候人的行动比语言来得更加真实。

韩以东，在你心里，我到底算什么？

突然，我觉得自己像一个笑话，我眼前的画面一阵摇晃。怎么回事？又要昏倒了吗？

不要倒下，夏青柚，不要倒在他们面前，不要让他们看见你的脆弱。

"青柚姐，你太莽撞啦，就算要对付她，也不能在这种地方啊，实在是太胡来了。"圆脑袋跑过来，低声说。

"夏青柚，你太过分了。"金浩愤怒地叫着，就要冲过来。

韩以东脸色一变，疾步走过来狠狠地拽住我，眼神凶狠地瞪着我，沉声说："跟我走。"

说完，他拽着我就走。

"韩以东，你做什么？把夏青柚留下！"金浩和那群小跟班愤怒地叫起来。

韩以东不理会他们的叫嚷，霸道地带着我离开。

4

校园里，我被韩以东用力地拽着往前走，圆脑袋和芽芽匆忙地跟在后面。韩以东脸色阴沉，紧抿着唇，他这个样子让我感到害怕。

他在生气。

为什么？因为惠美？

"放开我，韩以东。"我挣扎着，想要甩开他，"我没有推她，是她自己倒下去的，跟我没有关系。"

我气恼地叫着，用力地甩开他的手。

韩以东停下来，怒目瞪着我，说："夏青柚，你知道刚刚有多危险吗？我知道你不喜欢惠美，可是就算你再不喜欢她，也不能拿生命开玩笑。如果铁架砸中了她，你知道会有什么后果吗？"

圆脑袋跑过去，拍着韩以东的背安抚他，说："青柚姐不是故意的，大哥，你不要生气，冷静点儿。"

韩以东暴躁地拍开圆脑袋的手，上前一步用力地抓住我的手腕，红着眼睛咬牙说："夏青柚，你以为大家都是瞎子吗？刚才那么多双眼睛都看到了，明明是你推的她，你怎么可以这么歹毒？"

什么？歹毒？

明明是惠美自己倒向铁架的，是惠美陷害我！

"韩以东，我再说一遍，不关我的事，是惠美自己倒向铁架的，我什么也没有做。如果我真的想要伤害她，根本就用不着把她推向铁架！"我生气了，明明是惠美自己做的，可是所有人都认为是我把她推向了危险。

韩以东怒道："你还狡辩！我可以原谅你做错事，可是做错了事还这样理直气壮实在不应该。夏青柚，你简直不可理喻！"

什么？我不可理喻？

惠美在骗人，惠美在陷害我，他却连听都懒得听我解释，一口咬定是我做的。

骗人，惠美在骗人，韩以东也在骗人。

他说，他喜欢我，他说，要我和他做朋友，可是，他根本就不相信我。

如果我要伤害惠美，根本就不会在那么多人面前把她推向铁架。如果我要伤害她，只需要按下手腕上手表的宝石按钮，她就有一千种被伤害的可能。

我从未想过要伤害她，可是他不相信。

他只相信眼睛所看见的，只相信惠美的委屈和眼泪。

可是我呢？我说的话他连听都不想听。

在铁架落下的时候，我也处在危险中，可是，他跑向的人是惠美，不是我。

想到这里，我的眼睛红了。

望着他，我突然感到慌张，因为不确定，因为害怕。

我不确定他是否喜欢我，我害怕他根本就不喜欢我。

"韩以东，惠美说的，你都相信；可是我说的，你连听都不愿意听，为什么？你说喜欢我，我相信；你说要和我做朋友，我答应。可是，为什么铁架倒下来的时候，你跑向的人是惠美，不是我？"我强忍着眼泪，用沙哑的声音艰难地问。

韩以东愣了愣，这样的诘问他似乎也没有想到，一时竟说不出话来。

圆脑袋见气氛不对，慌忙替韩以东解释："是因为惠美有哮喘病，她比你更需要保护，大哥只是出于道义才会扑向她。青柚姐，你不要胡思乱想。"

我笑了，笑得眼泪都落下来。

继而，我愤怒地一把揪住韩以东的衣襟，说："因为她比我脆弱，所以你才会保护她吗？还是因为，从始至终，你喜欢的人都是她？可是，韩以东，

既然是这样，你为什么要来招惹我？"

"夏青柚，我们现在说的是你伤人的问题，和惠美没有关系。"韩以东推开我，生气地说道。

"我根本没有推她，是她自己倒向铁架的，我根本就没有伤人。如果我要伤害她，现在，立刻，马上，我就用不着当着那么多人的面做出那么愚蠢的事情。"我失控地叫起来。

如果我要伤害她，只要按下手表按钮，她就会立刻消失在这个世界上。

我，夏青柚，即使输，也会输得坦坦荡荡。即使他选择的人是惠美，即使一败涂地，我也会骄傲地挺起胸膛，光明磊落地接受现实。

因为，那是我最后的尊严。

可是，他不相信。

"夏青柚，收回你的话！"韩以东发怒了，瞪着我，像狮子一样咆哮道。

"青柚姐，你少说两句，不要再刺激大哥了。"圆脑袋一个头两个大，一边安慰韩以东一边劝我。

"我相信青柚姐，一定是惠美陷害青柚姐。就算惠美再讨厌，青柚姐也绝对不会做那种卑鄙的事情。"芽芽护着我叫起来。

"夏青柚，你怎么可以这样冷血？我以为你只是傲慢了一些，可是没想到你居然这样冷酷。她有哮喘病，本来就柔弱，你和她再怎么争怎么吵我都不在乎，可是你不能有这种伤人的念头。跟我走，去跟惠美道歉。"他说着，拽着我就往回走。

"我不道歉，我没有做错什么。韩以东，放开我。"我快要哭了，不是因为他把我的手抓疼了，而是心脏有个地方，跟破了个洞一样，好疼，好疼。

"放开青柚姐，我相信青柚姐。这件事，一定是惠美陷害她的。"芽芽叫起来，一把抱住我，不让韩以东把我拉走。

"大哥, 你放手, 你弄疼青柚姐啦。"圆脑袋在旁边着急得不得了, 手足无措地看看韩以东, 又看看我, 不知道该帮谁。

我哭起来, 不是因为手臂被他捏出了红色的瘀痕, 而是因为他是那样在乎惠美, 却丝毫不在意我的感受。

"青柚姐哭了, 放开青柚姐。"芽芽叫起来, 扑过去捶打韩以东抓住我的手。

韩以东回头, 看见我哭起来, 他慌了, 急忙松开我。

芽芽看见我手腕上的瘀痕, 叫起来: "韩以东, 你太过分啦, 你把青柚姐弄伤了。"

"对不起, 夏青柚。"韩以东慌了, 过来想要查看我的伤势。

我逃避地后退, 用力地抹掉眼泪, 然后抬起头来, 看着他。

不知道为什么, 我突然笑起来, 轻声说: "韩以东, 我们分开吧。"

"什么?"芽芽和圆脑袋同时惊叫起来。

韩以东愕然地望着我, 一副措手不及的样子。他没想到我会提出分开, 英俊的脸瞬间变成了青色。

良久, 他嘴唇颤抖了一下, 脸色难看地说: "夏青柚, 不要闹了, 让我看看你的伤。"

他说着, 上前就要抓我的手。

"啪!"

我打开他的手, 冷漠地看着他, 心一寸一寸结冰, 即使再炙热的太阳也无法将它融化。

我笑得苍白又无力, 说: "韩以东, 不要再来找我, 我们就这样结束吧。就当你从未在我的世界里出现过, 我会将你的痕迹一点儿一点儿全部抹掉。你根本就不喜欢我, 对不对? 如果真的喜欢, 为什么保护我的人, 不是你?"

如果真的喜欢，为什么铁架落下的时候，你扑向的人不是我？

韩以东，你根本就不喜欢我，对不对？

我曾经以为，一个人的夜晚是冰冷的，一个人的生活是孤独的，可是现在，我比从前更加寒冷，更加难过。

人最难以承受的痛不是不曾拥有，而是拥有后失去。

5

轻风暖暖，道路上人来人往。

韩以东脸色难看地看着我。

我漠然转身，告诉自己，就算离开，也要像一个骄傲的女王，带着自己最后的尊严离开。

不要哭，夏青柚，不值得。

不要难过，夏青柚，这没什么。

你只是告别了一段不属于你的感情，只是结束了一场不该开始的游戏，你只是再次回到一个人的生活。

你早已习惯了一个人，离开他，这没什么。

可是，为什么心像被撕裂了一般，那样疼痛？

我以为我可以很坚强，可是，转身，背对着他，离开的时候，眼泪倾泻而下。

韩以东，再见。

"青柚姐。"圆脑袋焦急地叫着，追着我跑了几步，又回头看看韩以东，最后为难地跑回去，跑到韩以东身边。

"青柚姐。"芽芽跑过来，难过地望着我，红了眼眶，说不出话来，默默地跟着我回教室。

　　我把惠美推向铁架的消息已经传遍了全校，教室里的同学看我的眼神就像看一个罪人一样。现在所有人都以为是我把惠美推向了铁架，是我想要害死惠美。

　　可是，谁也不会知道真相是什么，除了惠美自己。

　　我回到座位上，面无表情地整理书本，可是眼泪又落了下来，心一阵阵地绞痛着。

　　我和韩以东真的分开了。

　　夏青柚，这没什么，不要哭，你只是回到一个人的从前，这不是什么大不了的事情。

　　可是，为什么眼泪不受控制？为什么心这样难受？

　　"她在哭，她为什么哭了？"教室里，议论声响起。

　　"真是的，做了那种事情居然还有脸哭。要不是那么多人亲眼看到她差点儿害死惠美，我都无法相信，她居然是这种人。"

　　"就是说啊，真是没有想到。"

　　刺耳的议论声从四面八方传来，四周到处是带着敌意的目光。

　　芽芽再也忍受不了了，站起来愤怒地说："是惠美陷害青柚姐的，跟青柚姐没有关系。"

　　"那么多人亲眼看见了，是夏青柚把惠美推向铁架的，还有什么可狡辩的？"人群里，一个女生说道。

　　"就是，做了就是做了，做了那么卑鄙的事情，你以为一句陷害就能了事吗？"人群里，又一个女生叫起来。

　　"青柚姐才不是那种人，是惠美陷害青柚姐的。"芽芽固执地坚持，她相信我。

　　吵，好吵。

　　烦，好烦。

为什么她们总是吵来吵去，对别人的事情那样认真？我、韩以东、惠美，我们的事情和她们有什么关系？

如果我有一个开关，可以关掉这些声音，那该多好啊。

我这样想着，按下了手表按钮，教室里瞬间陷入死寂。

片刻后，我解冻了时间，议论声再次传来，我只觉得头痛欲裂。突然，那些声音越来越小，小到我什么也听不清，耳边只有一片嗡鸣，接着是一片沉寂，没有任何声音。

我听不见了？

我意外地想着，还没等我反应过来，我的心跳骤然停止。

我望着议论纷纷的她们，猝不及防地倒下去。

"咚！"

一声闷响，我倒在了桌子上，耳边是巨大的嗡鸣声，接着是芽芽惊恐的叫声。视野一片漆黑，我再次昏死过去。

我记得上一次在雨巷里使用手表的时候，我没有倒下，因为时间很短。可是这一次，我使用的时间并不是很长，我以为只要咬牙坚持一下，就不会有事。可是，我还是倒下了。

手表可以让时间停止，可是对人体的伤害不会停止，我使用一次，就像在自己身上打一个洞。

大叔曾经说过，不要频繁地使用手表，因为手表对人体会造成伤害。他的话我的确记住了，可是，很显然，我并没有将这句话放在心上。

现在，我才开始感到害怕。

因为，我醒来后发现，时间已经过去了一个月。

也就是说，我在医院里昏迷了一个月。这就是使用手表的代价。如果继续使用，我会怎么样？

昏迷一个月？两个月？一年？还是永远？

138

我不知道，可是，我开始对这块手表产生敬畏，我不能再随意地使用它来控制时空了。

再次从医院里醒来，睁开眼睛时，我看见了坐在床边正活动着我的手脚的妈妈。

妈妈？

她什么时候回来的？

她不是在埃及吗？

我感觉自己像在做梦，怔怔地望着她，用沙哑的声音不确定地喊道："妈妈？"

听见我的声音，妈妈惊喜地抬起头。

见我醒来，她高兴地叫道："青柚，你醒了？太好了，吓死妈妈了！那些医生都查不出你昏倒的原因，吓死我了。我还以为你再也醒不过来了呢！我的宝贝，谢天谢地，你终于醒了！"

她高兴地说个不停，捧着我的脸吻了又吻。

我脸一沉，迅速地抓住她，咬牙切齿地跟她算旧账："杜子铃，有本事你在埃及待一辈子啊，还回来干什么！"

她立即哀求起来："对不起，宝贝，老妈不是故意的。我看你每晚都那么晚才睡觉，怕你睡眠质量不好，谁知道一下子药放多了，害得你错过了考试。对不起，宝贝，老妈我真的不是故意的。"

"可恶，你每次都是这样，做错了事就逃跑。杜子铃，你都四十岁的人了，什么时候能够像个大人一样？你还是专栏作家，真不知道你们主编的眼睛是怎么长的。像你这种连东南西北都弄不明白的家伙，居然也能当作家？下次，你要是再敢做错了事就逃走，我就跟你断绝母女关系。"我厉声警告她。

她却得意地纠正我："你老妈我现在可是金牌专栏作家哦。"

"谁在意！"我气得叫起来。

真是败给她了，搞不懂，我那个霸道又冷漠的工作狂老爸怎么会和她结婚。

"哎呀，青柚宝贝，不要生气了嘛，生气会变老的哦！对了，上次那个来看你的小帅哥是谁啊？你的朋友？"她好奇地问。

"什么帅哥？"我疑惑地问。

她摸着下巴努力回忆着，说："我想想啊，好像是叫韩，韩什么来着……忘记了，反正长得挺帅的，跟你老爸年轻的时候一个模样呢，真是帅啊。看到他，我就想起了和你老爸的从前。"她一脸花痴地望着半空，沉浸在自己的幻想中。

韩以东？韩以东来看过我吗？

这样想着，我神色一暗，胸口堵得厉害。

妈妈在旁边回忆她跟爸爸的从前，最后板着脸说道："不过，你老爸现在变得越来越不可爱了。他是不是打算跟工作再生一个孩子去？"说到这里，她扭头问我："青柚宝贝，我给你换个老爸怎么样？"

我嘴角狠狠一抽，真想打开她的脑袋看看，她的大脑到底是怎么长的。

第七章

CHAPTER
一个人的坚强

07

CALLING
TIME'S GIRL

1

很快，医生带我去做了检查，这一次照样查不出任何原因来。

妈妈第一次严肃地跟医生交谈，询问我身体的状况。医生非常肯定地告诉她，我除了有点儿缺钙以外，身体各个器官都是非常健康的，他们用尽了方法，也找不到我昏倒的原因。

"不可能，为什么找不到原因？在她昏迷的这一个月里，很多时候她会突然心跳停止，跟死了一样，为什么你们查不出病因来？"妈妈厉声责问道。

医生苦恼地说："我们也不知道，这种现象实在是太奇怪了。我行医这么多年，从来没有碰到过这种状况。"

妈妈还要说什么，我按住她，说："妈，算了，既然医生说没什么事，我们就回去吧。"

说着我问医生："我可以出院了吗？"

医生点点头："嗯，出院是没问题的。记得如果有什么不适，就要立刻来医院。"

"好的，谢谢。"

说着，我拉着妈妈起身："妈，我们回家吧。"

妈妈无可奈何地起身，带着我出院回家。

回家的路上，妈妈一边开车一边给爸爸打电话。这一次打通电话，她没有说废话，冷静地说："夏天恩，你在哪里？又是公司？我还有十分钟到家。十分钟后如果你没回家，就请你的秘书为你草拟一份离婚协议书吧。"说完，她就挂断了电话。

我吓了一跳，叫起来："妈，你发什么神经？"

妈妈笑着扭过头，揉了揉我的脑袋，说："青柚，这些年来，你是不是一直很寂寞？"

我眼神一暗，微微垂下头，心口不一地说："没有。"

怎么可能不寂寞？

明明是三个人的家，可是，那个家里每天都只有我一个人。他们永远忙着自己的事情，忙着自己的生活，而我就像是他们生活之外的一部分。

从小到大，我看着他们忙碌，从小时候的哭泣到长大后的平静，说不寂寞，是骗人的。

"所以啊，以后，妈妈不会再让你寂寞了。如果你老爸不肯配合，我就给你换个老爸，好不好？"她笑嘻嘻地问，说得好像跟换家具一样。

我顿时恼怒了，没好气地说："杜子铃，不要胡说八道，爸爸是能够随便换的吗？"

她哈哈大笑起来，说："夏青柚，你真可爱。放心吧，你老爸才舍不得离开我们呢。等着瞧吧，他现在一定慌乱得不得了，心情一定非常不好。活该，就让他也着着急。"

说着，她冲我眨眼，顽皮地笑起来。

真是败给她了，离婚这种事她也能拿来开玩笑。她这种家伙，什么事情都可以拿来开玩笑，可是，我爸爸，他把什么事情都太当真，以至于我和妈妈到家的时候他已经又气又急地等在门口了。

"不错嘛，回来得真快。"妈妈笑着从车上跳下来，扭头冲我招手，

说："来，青柚宝贝，跟老妈手挽手回家，让你感受一下妈妈的温暖。"

我无视她，走下车，说："才不要，我进屋去了。"

我才不要和她手挽手进屋，看看爸爸的脸色，已经难看得跟染了色一样了，各种颜色都有。

我走进屋，身后立刻传来爸爸和妈妈争执的声音。

"杜子铃，你又在胡闹什么？你知不知道我公司的事有多忙？我还有八个会要开，等开完会我会回来陪你们的。"爸爸说。

"我没有跟你胡闹，夏天恩。你的秘书告诉我，青柚曾经几次进医院，可是你都没有告诉我。就连家里进了小偷，青柚差点儿出事，你也没有告诉我。你一直忙着工作，忙得连女儿死掉了你都不会在意，是不是？如果你没有能力照顾我们，我会给青柚找一个能够照顾她的父亲。"妈妈冷静地说，"换你，还是换工作，你自己选择。"

我站在门口，看着爸爸和妈妈。

爸爸脸色难看，紧紧抓着妈妈的手，沉默了很久，最后说："我要你们。"

妈妈仿佛松了一口气，扑进爸爸怀里，紧紧地抱住他。

我笑起来，转身上楼去。

2

知道我出院了，芽芽立刻给我打来了电话。

昏迷了一个月，再次听到她咋咋呼呼的声音，感觉好亲切。

"青柚姐，你醒来啦？为什么这么早就出院啦？吓死我啦，好好的你就昏倒了，你知道我们有多担心你吗？实在是太棒了，青柚姐，你打算什么时候

144

回学校啊？"电话里，芽芽叽叽喳喳地说着。

我说："可能明天就回学校吧，医生说没什么问题，所以不需要在家里休养。"

只要我不再使用手表，也许就不会有什么问题吧。

"啊？什么？明天就来学校吗？可是，青柚姐……"芽芽欲言又止，吞吞吐吐，犹豫不决。

我奇怪地问："怎么啦？"

这家伙今天怎么了？说话吞吞吐吐的，她有什么事情瞒着我吗？

"怎么啦，芽芽？"我奇怪地问。

芽芽说："青柚姐，明天你来到学校，不管发生什么都要冷静。"

学校里发生了什么吗？

我有种不祥的预感。

我装出无所谓的样子，笑着说："哎呀，放心吧，我可是从鬼门关里爬出来的人，还有什么事情能让我不淡定？说吧，发生了什么？"

芽芽最后豁出去般说："青柚姐，我说了你可要冷静啊，惠美和韩以东在一起了。"

什么？惠美和韩以东在一起？

我只是昏迷了一个月，他们俩就在一起了吗？

我握着手机的手不自觉地攥紧。

电话里，芽芽担忧的声音传来："青柚姐，你还好吧？青柚姐？你还在吗？"

铁架倒下来的时候，韩以东扑向了惠美。我想，他对惠美的感情一定比对我深。也许，一开始他就不喜欢我，所以我和他分开了。

可是，即使和他分开了，听见他和惠美在一起的消息，我的心情还是糟

糕极了。

妒忌，愤怒，难过。

可是，这些情绪我要通通抛开。

韩以东，我要把你从我的生命里彻底清除。

该死，我只是昏迷了一个月，他就立刻和惠美牵手了，他怎么可以这样对我！

我气得快要爆炸了，却努力隐忍着。

电话里芽芽还在叫："青柚姐，你还在吗？你在听我说话吗？对不起，我也是昨天才听说的。我问过闵彦是怎么回事，可是那小子什么都不跟我说。怎么办，青柚姐？"

我回过神，深吸一口气，告诉自己，冷静。夏青柚，你不可以被打败，就算输了，也要输得骄傲，也绝对不能让他们看见你的狼狈。

"没事，芽芽，你忘记了吗？我和韩以东已经分开了，所以没关系，他愿意和谁在一起都跟我没有关系。芽芽，去论坛发一个帖子，告诉他们，我，夏青柚，要回学校了。"

我挺起胸膛，像女王一样凝视着镜子里的自己，在心里默默为自己打气。

我夏青柚，回来了。

分开了，没关系，我一个人很坚强。

被陷害了，没关系，我不在乎。

我还是我，夏青柚。

从一开始我就应该和他们划清界限的，和韩以东之间的一切就像做了一场荒唐的梦，梦醒了，我还是我——夏青柚。

我决定了，要彻底将韩以东从我的生命里抹去，就像从来不认识他一样，我要回到属于我的从前。所以，即使他和惠美做朋友，也跟我没有半点儿关系。

"青柚姐，你真的没事吗？"芽芽担心地问。

"我没事，放心吧，我是不会为了那种家伙难过的。好了，芽芽，我要下楼吃饭了。"说完，我挂断电话，胸口闷得厉害。

我走到电脑前，登录学校论坛，学校里最热门的几个帖子都是关于韩以东和惠美做朋友的消息。

最火爆的一个帖子里，是韩以东和惠美的合影。我的照片居然也被PS进去了，不过她们居然在我的头上贴上了"第三者"的标签。

"可恶！"

这群家伙实在是太欺负人了！我气得立刻敲击键盘反击，找到博主，要求她删掉照片。

删掉我的照片，不知道滥用别人的照片，我可以告你们侵权吗？

那个叫月亮弯的博主很快回复了我。

删掉你的照片？你是谁？

我不耐烦地回复——

夏青柚。

月亮弯——

什么？夏青柚？你不是死掉了吗？

噗——

气死我了，居然说我死掉了！我只是昏迷了一个月而已！

删掉照片。

我不想跟她废话，再次要求。

她回复——

夏青柚，出来吧，我们好好聊聊，我是惠美。

什么？博主居然是惠美？这些照片都是她弄的吗？

可恶，居然说我是第三者！陷害我的人是她，在论坛里丑化我的人居然

还是她！

很好，那就谈一谈吧，我在图书城等你。

回复后，我就关了电脑，穿好外套，背上包，"噔噔噔"的下楼。楼

下，妈妈正兴高采烈地展示着从埃及带回来的东西，给爸爸讲她在埃及的生

活。

见我下楼，妈妈扭头问："宝贝，要出门吗？"

"嗯，我出去一下就回来。"我头也不回地跑出去。

出了门，我乘的士直达图书城，远远地就看到，惠美早已到了。她穿着一件漂亮的紫色裙子，一件小外套，海藻般浓密的头发扎了起来，盘在头上，看起来可爱又美丽。

可是，千万别被这张美丽的面孔欺骗了，我和她，是敌人。

3

"夏青柚，你居然还活着呢。"见到我，她毫不客气地说道。

我嘴角狠狠一抽，没好气地说："把论坛里的那些照片删掉。"

她得意地笑着摆手，说："那些都是小事情啦！我叫你出来，是有件事想跟你说，希望你能祝福我。"

祝福她？祝福她什么？是和韩以东有关的事吗？

这样想着，我立即说："如果和韩以东有关，我不想知道，也不想祝福你。"

她故作难过地看着我，眉头拧起来，惋惜地说："真可惜，虽然你和以东做过朋友，又那样不愉快地分开了，其实以东还是很想念你的，毕竟不管怎么说，你也是他第一个喜欢的人。不过，如果没有你，他也不可能发现其实他喜欢的人是我吧！"

看着她的那副嘴脸，我真想按下手表按钮，让时空冻结。

她笑起来，一脸得意，说："所以，我们也得谢谢你。夏青柚，如果不是你跟他分开，我和他也不可能发现彼此才是最适合对方的人。"

够了，她和韩以东怎么样我不想再听了，他们怎么样都跟我没有关系。

"如果你要说的就是这些，那我听完了。不过论坛里的那些照片你最好尽快处理掉，我不希望打开电脑的时候再看见那些东西。"

149

说完，我转身就走。

"夏青柚，你是不是妒忌了？韩以东和我在一起，你是不是很难过？"
她在后面锲而不舍地叫着，似乎不看到我抓狂她就不会罢休。

可是，就算心里再难过、再愤怒，我也要装出漠不关心的样子。

从韩以东选择她的那一刻开始，我和他就已经结束了。

他根本就不喜欢我！

韩以东，你这个骗子！

我用力地闭上眼睛，迅速按捺住心里翻涌的情绪，努力挤出灿烂的笑容
来，扭头看着惠美，说："你和谁在一起，我不在乎。那是你们之间的游戏，
跟我没有关系。惠美，如果我再在论坛上看见你糟蹋我的照片，相信我，我会
让你知道'后悔'这两个字是什么意思。"

说完，我扭头就走。

从图书城回来的路上，我浑身的力气仿佛被抽尽了。坐在地铁上，那天
的画面在我眼前闪过。铁架倒下来的时候，他扑向了惠美；可是，那天在海
边，他拿着海螺对我说，他喜欢我，要和我做朋友。

骗子，韩以东，你这个骗子。说什么喜欢我，你要保护的人却是她；说
什么在乎我，可我只是昏迷了一个月，你就和惠美在一起了。

"骗子。"我垂着头，看着脚下，视线一片模糊，眼泪"吧嗒吧嗒"的
掉下来。

回到家，我垂着脑袋上楼。

安秘书过来了，在厨房里和爸爸一起做饭。妈妈坐在沙发上，边吃水果
边看新闻。

见我回来，她扭头叫了声："宝贝，快过来，跟老妈一起看电视。"

"不了，我想休息。"我难过地说完，无精打采地上楼去。

楼下，妈妈奇怪地望着我，然后起身。

我回到房间里，妈妈跟过来，拉着我坐在床上，轻声问："宝贝青柚，怎么啦？发生了什么事？跟妈妈说说，为什么没精打采的？"

可以跟妈妈说吗？我和韩以东的事情，在她离开家去埃及那段时间里发生的事情，可以跟妈妈说吗？

可是，我真的好想把心里的话说出来，好想有个人知道，我是如此难过，如此不开心。

"妈妈，你有没有被欺骗过？"我难过地抬头问她。

妈妈想也不想地回答道："有过。"

"那你有没有被喜欢的人欺骗过？"我问。

妈妈再次想也不想地回答："有过。"

"他说他喜欢我，可是，我遇到危险的时候，他第一时间冲过去保护了别人；他说他在乎我，可是我才昏迷了一个月，他就和别人在一起了。也许从一开始，他根本就没有喜欢过我。我讨厌死他了，他在骗我，骗子！"我说着说着，眼泪再一次不争气地掉了下来。

妈妈将我搂进怀里，轻轻地抚摸着我的头发，说："那你有没有问过他，他是不是真的喜欢你？如果是，为什么他要先去保护别人？青柚，去问问他，为什么你只是昏迷了一个月，他就和别人在一起了。"

去问他吗？

我不敢，如果他告诉我，他不喜欢我，他从来就没有喜欢过我，那我该怎么办？

"可是，如果我去问了，他真的说自己不喜欢我，他喜欢的是别人，我该怎么办？"我哭着抬头问。

妈妈抹掉我脸上的泪珠，捧着我的脸，调皮地咧嘴说道："那就骄傲地

挺起胸膛，狠狠地给他一拳，告诉他，走开！"

"扑哧——"

我破涕为笑，抹掉眼泪，嘟起嘴："哪有这样的，太野蛮了。"

妈妈笑起来，说："青柚，你会害怕，是因为你在乎他。不管结果怎么样，去问一问，不要让自己后悔。如果他的答案让人难过，那么，你就应该彻底放手，不要让一个不喜欢你的人占据你的世界、霸占你的感情。"

我不想问韩以东为什么，更加不想知道他在做什么，甚至一切和他有关的东西我都不愿意再见到。因为我怕见到了，自己会更加难过；我怕问过了，自己会更加受伤。

可是，我这么害怕，这么胆小，努力逃避，都是因为我在乎。

既然我这么在乎，我是不是真的该像妈妈说的那样，去问一问韩以东，他是不是从来都没有喜欢过我？

如果答案是肯定的，那么，我就安安静静地将他从我的世界里抹去。

妈妈温柔地拍了拍我的头，转身出去，为我关上了门。

看着妈妈消失的背影，我默默地拿起了手机，看着通讯录上韩以东的名字，手指有些颤抖。

我要给他打电话吗？

还是发短信问好一些？

我真的要去问问他吗？

4

时间一分一秒地过去，最后，我终于鼓起勇气，深吸一口气，给他发了一条短信——

韩以东，在你心里，我到底算什么？

消息发过去后，我紧张地握着手机等待回复，可是，很久很久，手机都没有收到任何信息。

我从床上起来，走到电脑前，打开电脑，想要干些什么分散自己的注意力，可是，我的目光始终停留在手机上，一刻也不愿意离开。

我只好拿起书本，重新躺回床上，想要把落下的课程一点儿一点儿地补上，可是心思依然停留在手机上。

是的，我在等待，等待韩以东给出的答案。

可是，三个小时过去了，他还是没有回复我。

一整晚过去了，他依然没有回复我。

为了等他的回复，我一晚上都没睡好。第二天，我顶着熊猫眼去学校，无精打采地走到校门口。

远远地，芽芽跑过来，高兴地挥舞着手，兴奋地叫着："青柚姐。"

我回头看去，她兴高采烈地朝我跑过来，猛地扑进我的怀里，像一只小狗一样在我身上蹭来蹭去。

我想，要是她有尾巴，这会儿她的尾巴估计要摇断了。

"芽芽。"和她的精神抖擞相比，我明显有些萎靡不振。

一整晚都没睡好，换成谁都一样无精打采。

"青柚姐，见到你实在是太好了，你终于回学校了。"她高兴地叫着，依然不停地在我身上蹭来蹭去。

这时，四周的人看到我，奇怪的议论声响了起来。

"夏青柚？不是说她得了癌症，在医院住院吗？怎么回学校了？"

"癌症？不是吧，我听说她死掉了啊，怎么回来了？"

"不过她都病了一个月了，估计是很严重的病吧，不然也不会住那么久的院。可是，话说回来，老天爷可真公平啊，这就叫恶人有恶报。"

"就是，啧啧。"

那些讨厌的议论声从四面八方传来，像一支支箭笔直地射中我。

我面无表情地和芽芽一起往教室里走去，对于她们的议论我从来都不放在心上。

人云亦云，她们什么都不知道，别人怎么说她们就怎么信。我不知道是该说她们讨厌呢，还是说她们可悲。

"青柚姐，你不要理她们，她们就是这样，老是胡说八道。"芽芽担心我被她们刺激到，安慰我。

我走进教室，淡淡地说："嗯，我知道。"

早读课的时候，我被老师叫到了校长办公室。原来，我昏迷后，金浩等人就向学校提起了抗议，要求学校罢免我学生会主席的职务。校长以了解事情真相为由拒绝了他们，拖延了时间。

"金浩他们说的话我不相信。夏青柚，我想问问你，到底是怎么回事？"校长问。

我沉默片刻，说："如果我说我没有推惠美，您相信吗？"

校长说："只要你说，我就相信。"

我说："谢谢您的信任。现在所有人都说是我想要伤害惠美，可我没有。那天，是惠美抓起我的手，放在她的胸口，然后自己往铁架上倒下去的。"

校长惊讶地问："她自己倒下去的？"

我点头，说："我知道，我没有证据可以证明是惠美陷害我，可是，请

154

您想一想，如果我真的要伤害她，我不会在那么多人面前那么做。那样做不仅不能伤害她，反而会让我自己陷入困境。"

校长的神色变得严肃起来，他说："如果你说的这件事是真的，我想，我需要时间去认真调查看看。不管怎么样，夏青柚，我希望你能继续留在学生会。现在学生会以金浩为首，被搞得乌烟瘴气的。我当初让你进入学生会，是希望你能注入新的力量，帮我管理好学生会，遏制住金浩。我对你依然有信心，你呢？"

现在，全世界都认为是我伤害了惠美，除了芽芽，没有人相信我是被陷害的，我没想到校长居然会这么相信我。

"谢谢您。"

望着校长，我心里涌动的情绪不知道是感动还是什么，总之，被人信任的感觉是那么好。

校长微笑着说："虽然我可以力保你在学生会的地位，可是，和同学之间的关系还是要靠你自己啊。"

"我明白。"我点点头。

从校长办公室出来后，我直接回到了教室里。

大家正在上早读课，一个个捧着书本扯着嗓门朗读着语文、英语。

我站在门口环视了他们一圈。

他们怎么看我，我不在乎；他们现在是怎么想的，我也不在乎。清者自清，时间能够让一切污浊变得明澈，所以，我需要的只是时间。

没有了韩以东，我的人生将重新展开，我依然是那个全艾维克市最出色的特优生，学习成绩第一、长相人气第一、才艺表演第一的夏第一。

我的人生准则是第一，我的灵魂信仰是第一。我要回到属于我的人生轨道上，就算一个人，我也要做自己最骄傲的女王。

下课后，我像往常一样在看书，芽芽又开始织她的围巾了。其实我很好奇，为什么从我重新回到学校后，就老看到她在织围巾呢？

"芽芽，你干吗老是织围巾啊？"我奇怪地问道。

芽芽一边织一边说："给喜欢的人织围巾，送去温暖，这样想一想就觉得好有成就感呢！青柚姐，这条围巾织好后送给你，好不好？"

我看着书，漫不经心地说："好啊。"

突然大家纷纷往教室外看去。

"韩以东，是韩以东，他来这里做什么？"

"听说他现在和惠美在一起，是真的吗？"

"太可惜啦，好不容易走了一个什么都第一的夏青柚，又来一个又漂亮又很会跳舞的惠美。"

听见"韩以东"三个字，我的耳朵条件反射地竖起来，下意识地抬头看去。

教室外，韩以东和圆脑袋走过来。他站在教室外，皱眉看着我。圆脑袋见到我，立即高兴地挥起手来。韩以东跟他说了句什么，他立刻就兴高采烈地朝我跑过来。

"青柚姐，听说你出院了，我一直期待着见到你，看起来你的气色很不错哦。"圆脑袋笑嘻嘻地说。

我笑着说："你也不错。"

说着，我将目光转向教室外的韩以东，不由得皱起眉头来。

他来这里做什么？来告诉他他和惠美做朋友了吗？

这样想着，我的心情变得很不好，不想看见他。

圆脑袋说："青柚姐，惠美说的话你不要相信，大哥没有跟她做朋友。"

156

没有做朋友？怎么可能？惠美是这么说的，全校的同学都是这么说的。

而且，他曾经告诉我，他喜欢我，可是危险时刻，他第一时间想要保护的人是惠美，不是我。

他曾经说，他在乎我，可是在最紧要的关头，他想要帮的，却是惠美，只有惠美。

"是韩以东让你来说这些的？"我面无表情地问。

圆脑袋慌忙摇头，说："不是的，大哥让我来看看你怎么样了，是我自己想要告诉你的。青柚姐，千万不要被惠美骗了，大哥喜欢的人一直都是你。你可不可以跟大哥和好呢？你们不要吵架了。这段时间大哥状态很不好，经常发脾气，就是因为青柚姐你跟他分开了，而且你还一直躺在医院里。"

"他喜欢我？那么，为什么铁架倒下来的时候，他跑向的人是惠美？他不知道我也在铁架下面吗？还有，为什么他的书包里永远都有一瓶治疗哮喘病的药？闵彦，我没有和他吵架，我们分开了，所以，不要再在我面前提起他。如果你来找我玩，我很开心，可是，如果你是为了帮韩以东撒谎，就请离开吧。"我一口气说完，不再看他。

圆脑袋有些尴尬，抓了抓脑袋说："那天的事情，我也不知道该怎么说。总之，大哥和惠美不是你想的那样，大哥喜欢的人自始至终只有你一个。"

正说着，上课铃响了起来。

"青柚姐，我先走了，回头再找你玩。"圆脑袋说完，急匆匆地跑了出去。

教室外，韩以东一直望着我。

见圆脑袋跑出去，他转身离开了。

韩以东……

157

我凝望着他离开的背影，心里默念着他的名字，一股悲伤涌上心头。

夏青柚，不要再想了，不管他和惠美是怎么样的，你和他都已经结束了，你问过他，在他心里你到底算什么，可是他并没有回应。

不管惠美怎么说，不管圆脑袋怎么说，不管别人怎么说，做回自己，不要再彷徨，不要再悲伤，你是夏青柚，无人可敌。

我难过地收回目光，这样告诉自己，让自己酸痛的心一点点坚强起来。这样，就谁也无法伤害它，谁也无法攻破它了。

放学后，我和芽芽收拾好书包回家。

走出教室，芽芽望着我欲言又止，最后说："青柚姐，你真的不打算跟韩以东和好吗？"

我沉默片刻，低声说："芽芽，我和他不再有可能。以后，我还是一个人。"

走出教室，学校的角落处，一群人围在那里。

有人急急忙忙地跑过去，大声地叫着："杠上了，韩以东和金浩杠上了！"

什么？

"青柚姐，韩以东和金浩又杠上了！"芽芽惊讶地叫起来，抻长了脖子望去，仿佛这样能看见到底发生了什么。

我扭头就走，说："和我没有关系。"

我和韩以东已经结束了，他和别人怎么样，发生了什么，通通和我无关。

芽芽见状，只好灰溜溜地跑过来，跟着我离开。

5

回到家后，我从学校论坛里得知，金浩和韩以东杠起来是因为惠美。惠美离开了金浩，要和韩以东在一起。

看到这里，我眼睛有些发酸，突然觉得那些字我一个都不认识了。最后，我疲惫地关了电脑，仰面躺在床上，望着天花板发呆。

闭上眼睛，放空思绪，什么也不去想了。

韩以东和惠美怎么样，都和我没有关系。

那个人，和我已经没有了关系，再也不能牵动我的视线，触动我的神经。

我以为我和韩以东再也没关系了，我以为我们就这样从此形同陌路了，可是我没有想到，有些人就像是命中注定的缘分，是逃也逃不掉的结局。

第二天早上，我在闹钟的叫喊声中起床，洗漱完后迷迷糊糊地下楼。

家里充斥着一股鸡蛋的焦糊味，厨房里传来妈妈的叫声："青柚宝贝，我给你准备了早餐，在桌上，你先吃。"

只见桌上摆了满满一碟吐司，还有一杯新鲜的牛奶。

我坐下来，边吃着吐司边问："妈，你在厨房里做什么？"

伴随着盘子被砸碎的声音，她回应道："我在给你煎鸡蛋，你再等一会儿，马上就能吃了。该死的，怎么这么难弄？"

我头疼地抓起吐司和牛奶起身："不用了，妈，我去学校了。"

自从从埃及回来后，妈妈整个就像变了一个人似的。不知道是因为我那一个月的昏迷让她意识到，她可能会失去她的宝贝女儿，还是因为良心发现，总之，她开始想要承担起做母亲的责任，比如，做早餐。

老实说，我觉得作为一个母亲，她还得多锻炼啊！

就在转身准备走的时候，我看见了桌上摆着的最新报纸，一条关于青皇集团的新闻占了整整一个版面，而其中最为显眼的，是"儿子"三个字。

青皇集团？

这个名字我有印象，去年的时候，有一个全国富豪排行榜，而青皇集团的董事长位居第六，挺厉害的。

不过，青皇集团的董事长居然有儿子？

我好奇地停下来，揭开报纸被遮住的其他部分，韩以东的照片赫然跳入我的眼帘。

韩以东？

"什么？"我震惊地张大了嘴巴，不敢相信地盯着报纸。

韩以东是青皇集团董事长的儿子？

这是怎么回事？

我正看着，妈妈端着一盘焦了的鸡蛋出来，兴高采烈地说："宝贝，快来尝尝老妈做的爱心鸡蛋。"

看见盘子里那坨黑乎乎的东西，我真的为老爸感到可悲。他那样事业有成的男人，居然娶了我老妈这样啥也不会的家伙。

"我吃饱了，再见。"

说完，我逃一般地离开了。

地铁里，大家都拿着报纸，看着上面的新闻，七嘴八舌地议论起来。

"不是吧，青皇集团的董事长居然跟一个模特偷偷生了一个儿子，他不是有老婆吗？"

"外遇。"

"哎呀。"

一群大婶聚在一起讨论得热火朝天。

我皱眉看着她们，突然开始担心，现在连地铁上的大妈都知道了，学校里的人一定全都知道了。

这一切是真的吗？

如果是，那么韩以东该怎么面对这一切？

想到这里，我开始担心韩以东。可是，理智告诉我：夏青柚，不要去管他的事了，你们已经分开了，那家伙现在已经和惠美在一起了，他的事跟你有什么关系？

是啊，我和他已经分开了，他的事和我没有关系。所以，夏青柚，不要在意，不管发生了什么，都不要在意。

我来到学校，大家拿着报纸和手机，都在讨论韩以东的事情。

"真的吗？韩以东居然是青皇集团董事长的儿子？"

"有钱有什么用。"

"真是没想到，韩以东的妈妈居然是国际名模呢，长得好漂亮，难怪韩以东那么帅。"

我背着书包往教室里走去。

正走着，圆脑袋风一样冲过来，急匆匆地抓住我，焦急地问："青柚姐，你有没有看到大哥？"

"韩以东？没有。"我不解地问："怎么了？"

圆脑袋着急地说："我打不通大哥的电话，他也没有来学校，我去他家找过，也没有看到他。怎么办，青柚姐，大哥会不会出事啊？"

"韩以东失踪了？"我惊愕地问。

圆脑袋着急地说："我今天早上看了报纸，然后就立刻去找大哥了，可是他家里没有看到他，我就跑到学校来，也没有看到他。我很担心大哥，不知

道他怎么样了。"

我一边安慰他一边说:"你等等,我给他打个电话。"

圆脑袋说:"我打过了,他的手机关机了。"

我不相信,打电话过去,果然关机了。

韩以东不见了?

怎么回事?

我想了想,安慰圆脑袋:"你不要着急,先回去上课。如果放学后他还没有出现,我们再想办法。"

圆脑袋担心地问:"大哥不会有事吧?"

其实,发生这种事情我也不知道韩以东会怎么样,可是现在我们都找不到他,谁也不知道发生了什么。

"不会有事的,放学后我们一起去找他。"我安慰他。

圆脑袋没有办法,只能回教室去,一边走一边说:"青柚姐,要是大哥找你,记得一定要告诉我。"

"嗯,知道了。"

我走向自己的教室。

韩以东失踪了,他会去哪里?

自己的秘密被人揭穿,他会怎么办?

究竟是什么人暴露了他的秘密?是意外,还是有人故意为之?可不管是什么情况,这种曝光对他已经造成了极大的影响和伤害。

第八章

CHAPTER

如果时间能永恒

08

CALLING TIME'S GIRL

1

    一天中，我一直心不在焉，想着韩以东会去哪里，想着他是不是看到了新闻，想着他该怎么办。

    可是，夏青柚，你和他已经没有关系了，为什么还是这样在乎他？

    "唉，夏青柚。"我趴在桌子上叹了口气。

    放学铃刚响过，圆脑袋就冲到了我们教室门口等我。

    班上的同学陆续离开教室，圆脑袋跑进来，着急地说："青柚姐，大哥没有来学校，手机还是关机，怎么办？"

    我问："他家在哪里？带我去他家看看。"

    "好。"圆脑袋说着，立刻带着我出去。

    芽芽跟在后面叫起来："青柚姐，你要去哪里？带上我一起啊。"说着，她拎着书包急匆匆地跑过来。

    我们跟着圆脑袋来到韩以东家。站在韩以东家门口，芽芽张大了嘴巴，不敢相信地问："这就是韩以东的家吗？"

    老实说，他的家看起来可真寒酸。

    圆脑袋拿出钥匙开门，说："大哥一直跟外婆住在一起，两年前外婆去世了，大哥就一直一个人住在这里。"

    "他妈妈呢？"芽芽惊讶地问。

圆脑袋边开门边说："大哥的妈妈在大哥八岁的时候就已经去世了，他一直和外婆相依为命，后来外婆去世了，就只剩下大哥一个人了。"

圆脑袋打开门，我和芽芽走进去。

听见圆脑袋说的这些话，我的心情沉重起来。我没想到韩以东一直以来都是一个人，我以为，父母的无视让我一直一个人生活着，可是韩以东才是真正的一个人，一个人孤独地活着。

屋子里很整齐，客厅的窗前有一幅被遮住的油画，旁边摆放着美术用具。

我走过去，揭开画布，上面是一个年轻漂亮的高挑女子。

圆脑袋走过来，说："这是大哥的妈妈。"

画上的人幸福地笑着，温柔地注视着看画的人，仿佛她随时都会从油画里走出来一样。

"韩以东居然还会画油画？"芽芽惊叹道，"哇，好漂亮。"

圆脑袋说："那是当然，大哥学什么都很快。不过在艺术方面，大哥可是非常厉害的哦，特别是画画，非常有天分。我的梦想是大哥以后能成为一个了不起的画家。"说到这里，他难过地叹息道："可是现在，不知道大哥怎么样了。"

我放下画布，环顾屋子，问："房间里都找过吗？确定他不在家吗？"

圆脑袋说："我找过了，没有看到大哥。"

芽芽不解地说："可是，如果他不在家，那会在哪里？"

"我也不知道，我真的好担心大哥。也不知道为什么，那些报纸居然把这种事情都报道出来了，实在是可恶。"圆脑袋愤愤地叫着。

我看看四周，走到卧室门口，打开门。

圆脑袋在后面说："那是大哥的房间。"

这就是韩以东的卧室？

我走进去，房间里很干净，有一股好闻的味道，像洗衣粉的味道，又像是阳光的味道，那是属于韩以东的味道。他的房间里摆满了美术书。

他很喜欢画画？

我的目光落在床头柜上，那个海螺他还留着。

看到这里，我转身想要离开。突然，我的目光落在紧闭的衣柜上，不知道为什么，我想打开衣柜，总觉得衣柜里好像有什么东西。

"哗啦——"随着我打开衣柜，缩成一团的韩以东从衣柜里倒出来，昏倒在地。

"韩以东？"我惊叫一声，急忙扶住他。

门外，听见声音的圆脑袋和芽芽急忙跑过来。看到昏倒的韩以东，圆脑袋叫起来："大哥？大哥，你怎么了？你怎么不动了？"

我摸摸他的手和脸颊，他的手滚烫，脸颊也滚烫。

我急忙说道："他在发烧，赶紧把他送去医院。"

"好，我来。"圆脑袋急忙背起韩以东，急匆匆地跑出去。

到达医院的时候，韩以东已经高烧到41.5℃了。医生说如果发现得再迟一点儿，就要烧出问题来了。

医生给他打了退烧针，安排了病床给他打点滴。他一直昏睡不醒。芽芽和圆脑袋出去办住院手续了，我守在他身边。

芽芽回来说，医生需要在住院表格里填写监护人的名字，可是她不知道他在这世上还有什么亲人。

说到这里，芽芽开始掉眼泪。

她说，她觉得韩以东好可怜，如果不是我们，他是不是病死在家里也不会有人知道？为什么没有人心疼他？为什么没有人关心他？为什么他一个亲人也没有了？

我听得眼睛酸涩不已，望着病床上的韩以东，眼泪忍不住掉下来。

我从来不知道，他活得这样孤独，这样艰难。一个人生活了两年，这两年的时间，他是怎样过来的？

可是，这些他从来没有跟我提起过，从来没有抱怨过。我一直以为，他生活得比别人都好，所以他总是一副无所谓的模样，我甚至妒忌过他比我更讨人喜欢。可是，他只是比别人更坚强一些而已，他活得并没有那么快乐。

2

病床边，我拉着他的手。看着烧红了脸颊的他，我难过得又想哭了。

他突然颤抖起来，浑身止不住地发抖，像秋风里的叶子，他整个人蜷缩成一团，颤抖得牙齿咯咯直响。

"韩以东？韩以东！"我被吓了一跳，急忙站起来，抱住他。

他哆嗦着，英俊的脸变得苍白，不知道梦见了什么，他的眉头皱得紧紧的。

"不要丢下我，不要丢下我……"像是做了什么可怕的噩梦，他吓得瑟瑟发抖，一遍一遍地重复着，一滴泪从他的眼角溢出、滚落，滴在洁白的床单上。

我哭起来，抱紧了他："韩以东，呜呜呜……"

我讨厌他在危险的时候冲向惠美，我讨厌他责备我的样子，我讨厌他在我昏迷时和惠美做朋友，我讨厌他不喜欢我的样子。

可是，我为他一个人的孤独难过，我害怕他没有人陪伴。

你看，就算我那样讨厌他，可是，我喜欢他，我害怕他受到任何伤害。

167

　　韩以东住院的消息很快传到了惠美的耳朵里，在她赶到医院的时候，我起身离开。

　　病房门口，我碰见了踩着高跟鞋急匆匆赶来的惠美，她花容失色，紧张地抓住我问："以东怎么样了？"

　　不知道为什么，看见她，我真希望她能够从这世上消失，因为她，韩以东和金浩决裂。

　　可是，说到底，韩以东还是选择了她。

　　这样想着，我的心一阵阵绞痛，各种滋味翻涌。我喜欢他，可是他喜欢的人是惠美。只是这样想想，我就心痛得难以呼吸，想要逃离。

　　"他在里面。"我轻声说。

　　惠美立刻丢开我扑进病房，紧张地守在韩以东身边。

　　我离开医院回到家里没一会儿，圆脑袋就给我打来了电话。他说，韩以东已经醒了。我心不在焉地听他道谢。

　　圆脑袋说："青柚姐，谢谢你，谢谢你找到了大哥。我还是希望青柚姐能够和大哥和好。大哥从小就是一个人长大，直到遇到了惠美和金浩。可能是因为他本来就没有什么亲人，所以他一直把朋友当成自己的亲人，他一直把惠美当成自己的妹妹。所以我想，当铁架砸下来的时候，他才会条件反射地扑向她吧！他毕竟保护了她那么多年——以哥哥的身份。可是青柚姐，他喜欢的人一直都是你。"

　　我沉默不语。

　　圆脑袋也沉默了片刻，然后说："大哥没有和惠美做朋友，真的，青柚姐。"

　　我深吸一口气，回过神来："闵彦，我困了，我想休息了。"

　　"嗯，青柚姐，拜拜。"他说完就挂断了电话。

第二天，韩以东出院了，可他还是没有去学校，在家里休养。

青皇集团的董事长召开了记者招待会，澄清他和韩以东没有任何关系，一切都是媒体在造谣，他会通过法律手段讨回一个公道。

一时间，报纸和网上到处都是青皇集团董事长的澄清新闻，说他和韩以东没有任何关系。

也就是说，韩以东是被陷害的？可是，到底是什么人干的？他为什么要这样陷害韩以东？

可是，不管怎么说，韩以东现在应该没事了。

这样想着，我的心情好了些。

芽芽趴在桌子上看着我，说："青柚姐，你和韩以东真的没有可能了吗？我觉得韩以东是喜欢青柚姐的。"

我说："不要忘了，他现在的朋友是惠美。"

芽芽坐起来，说："你问过韩以东吗？我听闵彦说，那些话都是惠美胡说八道的。韩以东根本就没有和惠美做朋友，他喜欢的人一直都是青柚姐你。"

闵彦？又是那个圆脑袋。

我说："是闵彦教你这么说的吧？"

芽芽说："哎呀，不是的啦，就算闵彦不告诉我，我也相信，韩以东是绝对不会背叛青柚姐的。自从青柚姐提出分开又昏迷后，韩以东一直闷闷不乐的，经常去医院看你，他怎么可能那么快就和惠美在一起了呢？"

我沉默地望着书本。是啊，妈妈说过，有个姓韩的小子去医院看过我。

芽芽见状靠拢过来，挽着我的胳膊仰头望着我，讨好地说："所以，青柚姐，放学后去看看韩以东吧！你不要听惠美怎么说，你就怎么相信，也得问问当事人，才知道真相是什么啊。"

我不说话，低头翻着书本。

我不是没问过，我发了短信给他，他不是一直没有回复我吗？

见我沉默不语，芽芽撒娇地摇着我的胳膊说："答应嘛，青柚姐，去看看嘛。"

我被她摇得头都晕了，低声说："好吧，就去看一下。"

"万岁，我现在立刻告诉闵彦这个好消息。"芽芽高兴地蹦起来，立刻跑出去给圆脑袋打电话。

不过，话说回来，芽芽和圆脑袋最近走得很近呢，她总是喜欢和圆脑袋腻在一起，不会是喜欢上圆脑袋了吧？

这样想着，我狐疑地看向芽芽。

教室外，芽芽高兴地给圆脑袋打着电话，不知道说了些什么，她的脸突然红了起来，是胭脂里最美的桃红，那样羞涩，那样可爱。

我笑起来，低头继续看书。

放学后，圆脑袋和芽芽陪着我来到韩以东家门口。

圆脑袋把钥匙塞给我，说："青柚姐，一会儿见到大哥不要动怒，跟他好好说。"

"我知道了，为什么把钥匙给我？你们不进去吗？"我奇怪地问。

圆脑袋立刻拉着芽芽后退，笑嘻嘻地说："我们还有事。青柚姐，大哥就拜托你了。"

说完，他拽着芽芽飞快地跑下楼去。

我拿着钥匙打开门走进去，客厅里没有人。

奇怪，他去哪里了？

3

我正四处张望，卧室里传来一个男人的声音。

"你外婆已经去世了，你留在这里还有什么用？跟我走，我安排你出国留学，你想要什么我都可以给你。你何必在这里受苦，过得这样贫穷凄凉？"男人的声音听起来有些冷漠，虽然说要为韩以东提供出国留学的条件，可是那样的语气完全听不出来有多关心他。

是谁？

我好奇地走过去，站在门口，从门缝里往里看，看见了里面的人的背影。那个男人穿着一件黑色的西装，身体有些发福，可是单从衣着上看就知道来头不小，因为他浑身上下的行头看上去价格不菲。

什么人，打扮得这样奢华，高贵得不可一世？

他说他可以让韩以东出国留学？

他是谁？为什么要安排韩以东出国？

"因为我出国了，别人才不会知道你还有一个跟着母亲姓的儿子，是不是？"韩以东讽刺地问。

什么？儿子？那个男人到底是谁？

我惊讶地瞪大了眼睛，用力睁大眼睛想要看清楚里面的那个人到底是谁。

"你知道的，我是绝对不会承认你的身份的。我和你母亲一开始就是一个错误，她没有经过我的允许就将你带到了这个世界上，这并不是我的过错，要怪就怪你的母亲。"那个男人说。

我皱眉，他的话令我反感。

韩以东笑起来，讽刺地说："她最大的错误就是遇见了你。楚领，不要说你不承认我的身份，就是我自己也从来就没有想过要跟你扯上半点儿关系。像你这样的人，我是永远不会承认跟你有什么关系的。"

楚领？青皇集团的董事长？他居然真的是韩以东的爸爸？

韩以东的父亲居然真的是青皇集团的董事长，可是，他并不承认韩以东是他的孩子，他甚至在媒体面前撒谎。

楚董事长说："韩以东，你还是这样嚣张。我可以给你提供最好的教学环境和最优越的生活，可是你都拒绝了。这些年你看看你是怎么过的？成绩一塌糊涂，在学校里闹事，你做过一件学生该做的事情吗？可是如果你需要，我会给你提供最好的物质条件，我能答应你的只有这些。"

"我只有一个条件——出去！"韩以东气愤地说道。

楚董事长愤然转身。

我吓了一跳，急忙转身躲到了沙发后面。

楚董事长从卧室里走出来，停下脚步，站在客厅里回头看向卧室的方向，说："韩以东，你最好仔细考虑，考虑清楚后给我打电话。"说完，他转身离开了。

等到他出了门，我才小心翼翼地站起来，望着被关上的门，长长地松了一口气，还好他没有发现我。

可是，他说的那些话哪里像是一个父亲跟孩子说的话，听着就让人心寒。

我扭头看向韩以东的卧室。

这时，他从里面走出来，看到我，他愣了愣，似乎没想到我会在这里，随即，他沉下脸来，低头走进厨房，打开炉子煮方便面。

我走过去，站在厨房门口看着他。

他低头看着锅里的水，手指不安地摆弄着筷子，然后停下来，看着沸腾的水问："你都听见了？"

我点点头，不知道该说什么安慰他，我没想到会撞见他和他父亲对话的一幕。

"对不起，韩以东……"我不知道该说什么，只剩下这一句道歉，我想我不应该偷听他们的谈话。

他轻松地说："这没什么。"

我沉默地望着他，不知道该说什么。

锅里的水早就沸腾了，他仿佛没有看见一样，问："夏青柚，你说我会不会有一天也会发光？"

"会的。"我说。

他抬起头，面无表情地说："其实就算穷得睡马路，我也觉得没有关系；就算糟糕得靠吃方便面过日子，我也不觉得辛苦。我觉得就这样没心没肺地过下去也挺好的，不在乎别人怎么想，不在乎旁人的眼光，我想怎么活着就怎么活着，就算贫穷我也不在乎。可是现在，我不想再浑浑噩噩了。"

我沉默地望着他，是因为楚董事长的刺激，所以他才决定奋发图强吗？

韩以东接着说："我想要变得强大，强大到他不得不看见我，强大到他对我心怀畏惧。我要他向我的母亲道歉，他可以不尊重我，可以无视我的存在，可是他不能轻贱我的母亲，他让我感到恶心。"

"韩以东……"我难过地走过去，安慰他。

他垂头凝视着锅里沸腾的水，静静地说："为什么我是韩以东？为什么偏偏是我？"

人的一生什么都可以选择，唯独父母是不能选择的。我无法理解楚董事长为什么不能接受韩以东，不管怎么说，他是韩以东在这世上唯一的亲人。

173

可是对于韩以东来说，那是一个沉重的包袱，是他永远无法改变的事实。

我以为我是个能言善辩的人，以前参加辩论赛，我总是最佳辩手，可是现在，面对韩以东，我词穷了，我不知道该怎么安慰他。

"我累了，你走吧。"他轻声说。

我很难过，欲言又止，想要安慰他，却不知道该说什么，最后只能转身离开。

圆脑袋和芽芽在楼下等我。见到我，他们俩立刻跑了过来。

圆脑袋激动地说："你刚刚有没有撞见青皇集团的董事长？你上去没多久，他就从楼上下来了，他是去看大哥的吗？"

芽芽激动地叫着："真是没想到呢，青皇董事长居然真的是韩以东的老爸！他肯定是来看韩以东的，可是，他为什么在媒体面前不承认这个事实？"

圆脑袋说："听说那个董事长的老婆是母老虎，他才不敢认大哥！不过，总有一天，大哥会成为青皇的继承人的。"

望着乐观的圆脑袋，我不知道该怎么跟他解释，最后只好头疼地说："走吧。"

"青柚姐，你怎么这么快就下来了？大哥没留你吗？"圆脑袋这才想起什么来，奇怪地问。

我闷闷地说："他心情不太好，让他静一静吧。"说完，我转身就走。

圆脑袋急忙追过来，问："大哥没有跟你说清楚吗？惠美的事情，大哥没有跟你说清楚吗？"

芽芽问："你和韩以东说了些什么？青柚姐，你们和好了吗？"

我和韩以东和好了吗？我不知道，我从没见过那样狼狈和屈辱的韩以东。看到他那个样子，我很难过。可是，除了默默地看着他，我不知道自己还

174

可以做什么。

惠美的事情是我和他之间的一个结，我喜欢他，不管他喜不喜欢我，同别人没有关系，同他也没有关系。

4

第二天，韩以东来学校上课了。

回到学校里，他又变回了从前的那个他，仿佛那些新闻同他没有任何关系。

下课后，我捧着英语书默记单词，芽芽捧着本娱乐杂志在我耳边说个不停，一会儿让我看看这个明星是不是很帅，一会儿让我看看那个明星是不是整容了。我搞不懂，为什么她总是精力充沛，仿佛永远不会悲伤。

"青柚姐，你看这个，她是最近才红起来的一个明星，可是你不觉得她的脸跟锥子一样吗？"即使我对她的骚扰无动于衷，她也锲而不舍地在我耳边叫个不停。

我闭上眼睛默默在心里记着英语单词，仿佛没有听见她的声音一样。

突然，她叫起来："啊，韩以东！"

呃？什么？韩以东？

韩以东上娱乐杂志了吗？

我奇怪地睁开眼睛扭头看去："哪里？"

芽芽指着门口说："在门口。"

我抬头看去，门口，韩以东不知道什么时候来了。他冲我走过来，教室里所有女生的目光都集中在他身上。

圆脑袋跟在他身后，笑嘻嘻地跑进来，大老远就冲我招手："青柚

175

姐。"

韩以东在我面前停下，丢给我一封信，表情很别扭地看着别处，仿佛在做着什么难以容忍的事情，说："那个，你看看吧，我先走了。"说完，他转身就走。

什么东西？他在搞什么鬼？

我奇怪地拿起信，他已经走出了教室，消失在我的视野里。

芽芽把毛茸茸的脑袋凑过来，猜测道："该不会是封信吧？"

告白信？

这三个字跳入我的脑海，我的心"扑通扑通"乱跳起来，韩以东给我的信？

我捏着信，心跳得飞快，脸颊微烫，我慢慢地拆开信封。

教室里，议论声又响了起来。

"韩以东为什么来找夏青柚？他们不是分开了吗？韩以东不是在跟惠美做朋友吗？"

"听说和惠美做朋友不是真的！哎呀，我也不知道怎么回事，他们之间的关系太复杂啦。"

我拆开信封，看清楚信纸上的内容，顿时愣住了："呃？"

聘请书？韩以东居然要聘请我给他补课？

我拿着信愣住了。

芽芽凑过来夺走信，看了一眼，顿时叫起来："什么？韩以东要你给他补课？"

他居然让我帮他补课？

这简直就是太阳从西边出来了。

突然，我想起昨天韩以东说的话，他说，他想要变得强大，强大到他的父亲不得不看见他。所以，他是认真的吗？

"青柚姐，这是个好机会呢，你可以趁机和韩以东和好。"芽芽激动地抓着我的手说。

我垂下眼帘，凝视着手里的聘请书，良久才开口："再说吧。"

放学后，韩以东在校门口等我。

圆脑袋推着车跟在他后面，笑嘻嘻地冲我招手，亲热地喊："青柚姐。"

韩以东看着我，说："上车吧。"

我跳上车。

这时，惠美和一群女孩一起出现了。看到韩以东和我，她的脸色顿时变了，上前叫起来："以东，你为什么又和她在一起了？你们不是分开了吗？你难道忘记了，她是怎么对待我的吗？"

韩以东像没有听见她的话一样，骑着车离开。

我扭头看惠美，惠美生气地追上来，追了几步停下来，愤怒地叫道："韩以东，你给我站住！夏青柚，你给我回来！"

周围的同学都奇怪地望着她。

我收回目光，看着韩以东。其实我很想问韩以东，你是不是在和惠美做朋友？

我和韩以东的关系变得很奇怪。

韩以东家里，我、韩以东、圆脑袋，还有芽芽，四个人坐在一起。原本是给韩以东补课，现在变成了给他们三个人补课。

虽然我一直很鄙视芽芽不务正业，把所有的精力都放在了织围巾、看杂志上，可是和韩以东以及圆脑袋相比，她居然成了这三个人里成绩最好的。

"哈哈哈，六十分，六十分，我的分数是最高的。闵彦，你考了多

少？"芽芽兴高采烈地挥舞着试卷叫着。

圆脑袋掐着试卷不耐烦地说："有什么好看的，我根本没有认真答题。要是我认真答题，你根本就不是我的对手。"

为了摸清这三个人的实力，我给他们简单地出了一份试卷。可是摸清了他们的实力后，我头疼地抱住了脑袋。

"闵彦，三十分；韩以东，四十五分；芽芽，六十分。"我一个头两个大，这三个人不是一般的差，是实在太差了。

芽芽骄傲地叫起来："我是最厉害的，六十分。"

"总分一百二，六十分，你只拿到了一半的分数，连及格都算不上。而且，我出的这些都是最基本最简单的题目。我说，你们三个上课的时候都在睡觉吗？"我头疼地说。

闵彦和韩以东很尴尬，这似乎伤了他们男子汉的自尊心。

韩以东说："少废话了，以前我是没有认真学。如果我认真起来，你夏青柚也不是我的对手。"

"说大话谁不会。"我翻了个白眼，回归正题，"不管是语数外，还是其他科目，基础是最重要的。现在开始，我们从这里还有这里学起。"我在课本上标记出重点，开始补习。

半个小时后，圆脑袋坐不住了。在学校的时候，他就无法专心学习，到了这里，更加难以安心了。而芽芽，她居然开始惦记她的围巾。

于是，这两个家伙学了不到一个小时就撤退了，屋子里只剩下我和韩以东。

窗外凉风阵阵，我和韩以东坐在窗旁的书桌前，桌子上堆满了课本和资料。他安静地解题，修长的手指握着圆珠笔，圆珠笔在草稿本上画得飞快。

圆脑袋说对了一件事，韩以东的脑子很好使，他学什么都很快，特别是数学。

我抬头，望着认真解题的韩以东，又想起他说过的那些话。他这样努力和认真，就是为了向他的父亲证明自己吗？

窗外的风凉凉的，我撑着下巴静静地望着他。看着看着，我一阵发困，于是趴在桌子上睡着了。

不知道睡了多久，我醒来的时候外面天已经黑了。韩以东还在学习，我趴在桌子上望着他，正看得出神，他突然抬头看我。

触碰到他的视线，我没来由地慌了，急忙起身。

"啊，都这么晚了，我要回家了。"天已经黑了，这个时候我还没有回去，老妈一定担心死了。

我急匆匆地拎起书包跑出去，身后，韩以东凝望我了片刻，抿紧了唇，然后低头继续学习。

从韩以东家里出来，关上门，我靠在门上，心里空荡荡的，怅然若失。

我和韩以东，似乎回不到从前了。

5

韩以东家楼下，一辆黑色的轿车停在那里。见我走下来，车窗被摇下来，车内的金浩看着我，打开车门，说："夏青柚，我们聊聊吧。"

这么晚了，他一直在这里等我吗？想起上一次金浩把我硬拉到他的家里去，我停下来，警惕地盯着他说："有什么话就在这里说吧。"

见我不愿意上车，金浩走下车来，说："我只是想和你谈一谈。你放心，我不会对你怎么样的。"

我问："你找我到底有什么事？我还要赶着回家，有什么事就快点儿说

吧。"

金浩走过来，从口袋里取出一张支票，递给我说："拿去吧。"

他干什么？

我奇怪地看着他，皱眉问："这是什么意思？"

金浩说："我希望你能来给我补课，只给我一个人补课，不要再给韩以东补课。"

他在这里等了我这么久，就是为了让我给他补课？不，他的目的不是让我给他补课，而是让我离开韩以东。

"为什么？"我皱眉问。

金浩看着我，冷漠地说："原因你不用知道，这是我和韩以东之间的事情。你只要按照我说的去做就可以了。"

"我不明白，他妨碍到你了吗？你这么做是因为惠美吧？"

我无法理解金浩对惠美到底是一种什么样的感情，惠美那样对他，他居然都可以忍受，甚至为了惠美和韩以东决裂。

他难道看不出来，惠美根本就不喜欢他，她喜欢的人是韩以东吗？他这样做有意义吗？

金浩说："这是我们三个人的事情，跟你没有关系，拿去。"他说。

我凝视着他，说："抱歉，我不能收。"

金浩讽刺地笑起来，说："怎么？你觉得少了吗？如果你觉得少了，我可以再给你一张，要多少你自己填一个数字。"

他说得没错，这是他和韩以东之间的事情，跟我没有关系。可是，我给韩以东补课，这是我和韩以东之间的事情，跟他也没有关系。

"我曾经听韩以东说，你和他是最好的兄弟。闵彦说，韩以东没有亲人，就把你和惠美当成他的亲人。你是他最好的兄弟，惠美是他最疼爱的妹妹。你一直为了惠美和他吵，和他闹，和他斗得你死我活，可是他从来没有怨恨过你们，更加没有想方设法地陷害你们。你呢，却一直死咬着他不放。为什么？金浩，为了一个不爱自己的人，你这样对一个曾经对你掏心掏肺、把你当成兄弟的朋友，值得吗？"

我无法理解金浩的执着，无法理解他对惠美的感情。他明知道惠美做的是错的，可是他一而再再而三地陪着惠美胡闹，一而再再而三地伤害韩以东。

"韩以东的身世，是你告诉记者的吧？"我不敢肯定，我在猜测，可是我真希望不是金浩做的。

从前他们再怎么小打小闹都没关系，因为他们不会真正地伤害到彼此，可是这一次，他是认真的。

金浩，为了一个不属于自己的人，这样做值得吗？

金浩的脸色很难看，他争辩道："如果不是韩以东，她就会一直留在我身边。只要韩以东消失了，就什么都不是问题。"

我无法理解地说："金浩，难道你还没有搞懂吗？问题的关键不是韩以东，而是惠美，惠美根本就不喜欢你。你这样做值得吗？你做了那么多过分的事，难道就不会觉得内疚吗？"

她根本就不喜欢他，为了一个不喜欢自己的人与全世界为敌，值得吗？

金浩说："很多事情你现在看起来是对的，可是当你真正喜欢上一个人，你所做的一切就没有对错了，只有应该或者不应该。对我而言，我做了我应该做的事情，这就是对的。"

我顿时说不出话来。金浩喜欢惠美，为了她什么事情都可以做，惠美却一点儿都不领情。她的眼里看不见这个深爱着自己的人，她想要的，只有韩以东。

可是，韩以东呢？他想要的又是什么？是惠美？还是别人？

　　我良久才回过神，对金浩说："你的钱我是不会要的，正如你所说，该做什么，那是你和韩以东之间的事情。而我给他补课，是我和他之间的事情。你与其在这里为难韩以东，不如好好把握惠美吧。"说完，我转身就走。

　　"我是为了惠美，你呢？夏青柚，你又是为了什么？为了韩以东吗？"身后，金浩问。

　　我的脚步慢下来，微微转头看着身后的金浩。他所做的一切是为了惠美，那么我呢？是为了韩以东？也许是，也许，是为了我自己。

　　因为那样喜欢一个人，是我自己的事情。我和韩以东，已经结束了。

　　这样想着，我的心狠狠地抽痛，抬脚离开。

　　我有一块可以让时空瞬间停止的手表，可是这一刻，我多么希望时空逆转，永远停留在从前的某一刻，停留在那天的沙滩上，他拿着海螺，问："夏青柚，你喜欢我吗？"

　　喜欢，我是喜欢他的。

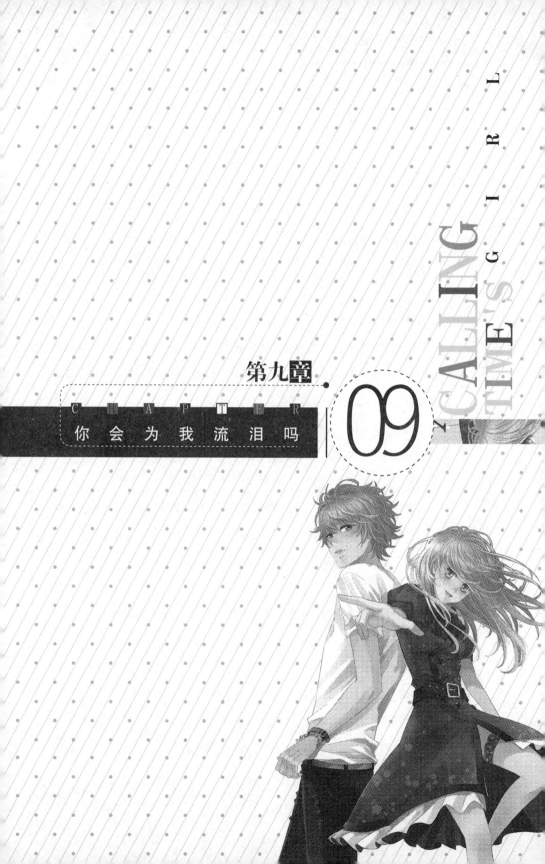

第九章

CHAPTER

你 会 为 我 流 泪 吗

09

CALLING TIME'S GIRL

1

很快，期中考试到了。

放榜那天，贴着成绩的布告栏旁挤满了人。芽芽和圆脑袋跑得最快，他们俩一个劲儿地往布告栏前钻。我在人群后踮起脚眺望里面，倒不是想看自己的成绩怎么样，我想知道韩以东考得怎么样。

"啊啊啊，闵彦，你看见了吗？全校三百六十名，我进步了好多呢，万岁——"人群里爆发出芽芽的尖叫声。

拜托，芽芽，三百六十名，你离倒数差不了多少。

圆脑袋没有理会她，埋头在里面找的，他从倒数第一开始找，良久后爆发出一声惊喜的叫喊："十九名，十九名，大哥排在全校第十九名！"

什么？十九名？这么快？

我惊喜地叫起来："太棒了！"

人群一阵骚动，大家挤在布告栏前查看分数，然后有人叫起来。

"怎么回事？韩以东居然考进了前一百名？怎么可能？"

"什么？韩以东考了多少？"

"568分，第十九名。怎么回事？他怎么考了这么高的分？"

大家都惊呆了。

圆脑袋和芽芽兴奋地挤出来，高兴地抓着我叫起来。

184

　　圆脑袋兴奋地叫着："青柚姐，你实在是太厉害了，我就说吧，我大哥学什么东西都快。"

　　圆脑袋说韩以东脑子很好使，可是没想到这家伙的学习能力这么强，虽然他一直学习一般。

　　"走，快点儿去把这个好消息告诉大哥。"圆脑袋说着，兴奋地往教室的方向跑去。

　　我和芽芽跟在他身后，芽芽一边走一边说："青柚姐，你现在和韩以东是什么情况？你们和好了吗？"

　　我说："不知道。"

　　自从那件事情之后，我和韩以东除了补习就再也没有提过别的事情。他对我，就像对一个普通的朋友。我想我和他似乎真的成为朋友了吧。

　　我们来到三班门口，圆脑袋和韩以东站在教室门口。和圆脑袋的兴奋相比，韩以东显得很冷静。我走过去，韩以东抬头看我，他的眼神里闪过一抹复杂的情绪，随即冲我笑了笑，走过来。

　　"谢谢你。"他说。

　　他跟我道谢，我一时有些反应不过来，说："没什么。"

　　我们看着彼此，气氛变得有些尴尬，都不知道该说什么了，两个人都陷入沉默中。

　　最后，韩以东说："我下午有篮球比赛，你会来看吗？"

　　我微微点头："嗯。"

　　韩以东又不再说话了。

　　我们似乎比朋友多一点儿在乎，也多了一点儿尴尬。我从没想过我们之间会变成这样。看着他，我心里一阵难过，为什么我们会变成这样？

　　这时，上课铃响起，我回过神，说："上课了，我走了。"说完，我转

身离开。

回到教室里，芽芽不满地趴在桌子上，说："青柚姐，你现在和韩以东到底是什么情况，你们什么时候才能和好啊？"

我沉默不语，我不知道。我和韩以东之间就像有一层薄薄的透明的纸隔着，谁也不去捅破它。

我们就这样隔着这层薄薄的纸，看着彼此。

"不想这些了，上课了。"我疲惫地垂下眼帘，有些无力地说道。

2

直到下午篮球比赛开始之前，芽芽不知道从哪里弄来了一个小喇叭，拽着我兴奋地钻进人群里。

我们很快便坐在了观众席上，看着韩以东和他的队友们陆续进场。

进场后，韩以东第一件事就是环顾四周。找到我之后，他的眼神立刻变得柔和起来，露出一个灿烂的微笑。

"韩以东，加油！"

"韩以东，加油！"

全场的人都沸腾了，一群女生叫喊着。

这时，金浩带着自己的队伍出现，另外一边的女生跟着叫起来。

"金浩，加油！金浩，你最棒！"

看来，这次的篮球赛，又是韩以东和金浩的对决。

观众席上，惠美站在中间，她身旁跟着一群女生。惠美的目光始终落在韩以东身上，可是韩以东一直在看着我。

发现了这一点之后，惠美回头顺着韩以东的目光看向我，脸色顿时变得难看极了。

随着哨声响起，比赛开始了，篮球场上的人跑起来。

芽芽举着小喇叭兴奋地叫着："韩以东，加油！闵彦，加油！"

圆脑袋和韩以东配合得很好，没想到他打篮球还挺厉害的，第一个两分球是圆脑袋投进的。

我忍不住赞叹道："闵彦不错嘛，挺厉害的。平时都没看出来他还有这本事呢。"

芽芽骄傲地说："那是当然，闵彦最厉害了。"

见我瞪着她，她只好无奈地皱眉，凑过来，小心地抓着我的胳膊小声说："好吧，那个，其实，对不起，青柚姐，我和闵彦……其实我们早就开始做朋友啦。你不要说出去哦。"

什么？

这是什么时候的事情？

"你们从什么时候开始的？天啊，你们俩做朋友这么重大的事情，你居然都不告诉我，还说什么好朋友！"我不满地叫起来。

芽芽脸蛋通红，不好意思地说道："其实，其实也没多久啦！就是，就是你给韩以东补课的时候，我们俩就经常一起玩，然后就，就在一起了。我，我不好意思告诉你们！"

我笑起来，搂住芽芽说："哈哈哈，这有什么不好意思的！真有你的啊，不错，闵彦那小子挺靠谱的。"

正说着，篮球场上，得了分的圆脑袋得意地满场跑，惹得芽芽低声埋怨道："什么嘛！干吗那么忘乎所以啊？"

"哈哈哈，他那是激动的！"看着芽芽气鼓鼓的样子，我不禁觉得很好笑。

篮球场上，竞争越来越激烈。韩以东和金浩互不相让。惠美紧张地盯着球场，不知道她是在担心韩以东，还是在担心金浩，不过看情况，应该是在意韩以东多一些。

因为，只要韩以东跑到她那边的半场，惠美就会立即挥手，冲他高兴地叫道："以东。"

韩以东每次都只是冷冷地看她一眼，然后扭头继续跑起来。金浩抬头看她，眼神变得很悲伤。他跑起来，目光紧紧地盯着韩以东。

第二节比赛开始了。韩以东所在的队伍和金浩所在的队伍势均力敌，分数不相上下。啦啦队员们卖力地跳着叫着，给彼此的队伍打气。

我和芽芽看着篮球场上的人。

留意到韩以东、惠美和金浩他们三人之间的暗涌，芽芽忍不住问道："青柚姐，韩以东和惠美应该没有做朋友吧！你看韩以东对惠美还是那样冷冷的啊！对了，你和韩以东就这样了吗？你们现在究竟是什么关系？"

我沉默着，不知道该怎么回答。

我和韩以东，是不是就这样了呢？

这个问题，连我自己都不知道。

他没有对那天为什么先救惠美的事做出解释，也没有说为什么一直没有回复我的那条短信。我们每天放了学，在一起的时间都是在补习功课，讨论的也都是有关学习的话题。

他好像刻意不去提那些敏感的话题，而我，作为一个女生，更加不好意思跟他主动提起。

于是，我们的关系，就这样不咸不淡地维持着。

3

篮球场上热火朝天，突然，金浩抱着篮球用力地冲向韩以东，韩以东被撞得摔倒在地。

裁判立刻吹响了比赛暂停的哨声，场外教练迅速跑过去看韩以东有没有受伤。

圆脑袋他们立即停下来，叫道："金浩，你做什么？"

大家扶着韩以东站起来。

金浩抱着篮球冷漠地看着韩以东，说："对不起，我没有看见。"

"你分明就是故意的！"圆脑袋愤怒地叫起来，上前就要动手。

韩以东拉住他，沉声说："没什么，比赛继续。"

随着一声哨响，比赛再次拉开帷幕。

金浩冷冷地看着韩以东，左冲右突，似乎是打算跟他杠到底。

我紧张地看着韩以东，真怕金浩又故意撞他一下。

远远地，韩以东似乎感受到了我的担心，朝我看过来，给了我一个安心的微笑，然后继续跑动。

一个小时后，比赛终于结束了。

裁判站在分数牌前，高高地举起小旗子叫道："75比76，红队获胜。"

红队？那是韩以东的队伍，韩以东赢了！

裁判话音刚落，全场的人欢呼起来。篮球场上的人擦着汗，笑着陆续离场。金浩和队友们聚在一起，愤怒地瞪着离场的韩以东。

韩以东拿到赢得的奖杯走出场来，惠美立刻跑过去，高兴地叫着："以东，恭喜你。"

韩以东面无表情地看了看她，又回头看了看脸色难看的金浩，最后目光落在我的身上。似乎是做了一个什么决定，他从惠美身边走过，笔直地朝我这边走过来。

呃？他过来做什么？

我奇怪地望着他。

他微笑着将手里的奖杯递给我，说："送给你。"

"啊啊啊，韩以东在做什么？他和夏青柚和好了吗？"

"韩以东不是应该和惠美在一起的吗？"

"哎呀，我听说韩以东根本就没有和惠美做朋友！那些都是惠美自己放出来的假消息！"

"好浪漫哦！太羡慕了！"

大家兴奋地叫喊着、议论着。

我呆呆地望着韩以东，一时间没有反应过来。

他看着我傻乎乎的样子，忍不住再次笑起来，一把拉着我的手，牵着我跑出了篮球场。

芽芽和圆脑袋在后面叫着、追着，挥舞着小喇叭。

我被韩以东拽着跑出了篮球场，猛然回过神，一边挣扎着要甩开他，一边不解地问道："韩以东，你在做什么？"

韩以东一直把我带到后操场才停下来。

他低下头来，认真地看着我，说："夏青柚，对不起。"

不知道为什么，听到他这句话，我的眼泪夺眶而出，所有的委屈倾泻而下。我喜欢他，喜欢得不能自己。和他分开的这段时间里，我感觉每天都在经受煎熬。

可是，一想到那天的事情，我就无法释怀。为什么明明我和惠美都处在危险中，他第一时间想要保护的人是惠美，而不是我？

对他而言，我到底算什么？

这个问题，我曾经发短信问过他，可是，他一直逃避着，并没有回答我。

可是，刚才，他当着那么多人的面把辛苦赢来的奖杯送给我，并且，跟我道歉。

他究竟是怎么想的？

不行，我不能这么不明不白，我一定要当面问清楚。

"韩以东，你这是干什么？你是因为什么而跟我道歉？"我看着他的眼睛，脱口而出。

韩以东真诚地说道："对不起，青柚。那天，你发短信问我，对我而言你到底算什么？我想了很久也没有回复你。对我而言，你是非常重要的人。我喜欢你，夏青柚，我想要和你在一起，可是我又不敢喜欢你，更不敢告诉你。我不但连自己最在乎的人都保护不了，当时还骂了你。我觉得自己很失败。你跟我说分开的时候，我的整个世界都乱了，看什么都是灰色的。我感到很害怕，因为我好像失去你了。我以为这是我最害怕的事情，可是，你昏倒的时候我才知道，我最害怕的是什么，是你不见了，离开了。我喜欢你，更害怕失去你，青柚。"

"既然喜欢我，那为什么铁架倒下来的时候，你跑向的人是惠美？"我哭着问，心里很委屈。

我喜欢他，喜欢得不得了，可是，他心里装着的，还有别人。

"那天，铁架倒下来的时候，从我的方向看过去，只能看见倒下去的惠美，而你被惠美挡住了。直到跑过去，我才发现，你也处于危险之中。对不起，青柚，没有第一时间保护你。"韩以东看着我，眼里流露出的是浓浓的歉

191

意，"而且，你知道的，我和惠美还有金浩从小一起长大，不管他们怎么样，我都无法看着他们受到伤害。惠美对我而言，就像自己的亲妹妹一样，从小到大，我一直都在保护她，保护她已经成了一种自然自然的举动。可是，那不是爱。"

"你把她当成亲妹妹，所以，在你心里，她比我重要，是不是？"我难过地问道。

听到我这么说，他沉默了。

他无法对我撒谎，也无法否认自己的内心。

得到这个答案，我更加悲伤了，我真希望他撒谎，告诉我，那只是一个误会，只是失误，在他心里，我比谁都重要。

"如果，时间能够逆流，回到那天，铁架倒下来的时候，你是不是还是会义无反顾地扑向惠美？"我揪心地问，唯恐听到自己不愿意听到的答案。

他沉默地望着我，我的眼泪掉下来。

我哭着说："韩以东，你为什么把我拉出来？在你心里，亲情和朋友重于一切，那你为什么还要来招惹我？我想要成为你的独一无二，如果不行，那就不要出现在我的世界里。"

"青柚……"他难过地望着我，不知道该说什么，上前一步想要抓住我。

我后退一步，躲开他的手，悲伤地望着他，眼泪止不住地往下掉。

我承认我很自私，自私地想要成为他的独一无二。

4

你有没有喜欢过一个人？你有没有想要永远待在他身边？你有没有希望

他的目光始终停留在你身上？

我不理解金浩对惠美的喜欢到了什么程度，可是，我喜欢韩以东，我想要成为他的独一无二。可是他的世界里，不只有我，还有那个被他当成亲妹妹的惠美。

"韩以东，我们就这样吧，不要再来找我。"我难过地说完，转身离开。

我曾经跟他说过，我们分开吧，可这一次我想我们是真的分开了。

"夏青柚。"他抓住了我。

我停下来，挣扎着要甩开他。

"放开我，韩以东。"我用力地想要甩开他，他却紧抓着我的手不放。

"如果时间逆流，回到当初，我不知道会怎么样。可是夏青柚，我喜欢你，我想要你成为我的独一无二。你和惠美是不同的。我不知道回到当初我会怎么做，可是我知道你对我有多重要。"他紧抓着我，我挣扎着，终于慢慢停下来，眼泪"吧嗒吧嗒"的往下掉。

我喜欢他，可是我开始感到害怕，我害怕他不喜欢我，我害怕他心里住着别人。

我承认，我很自私，我自私地想要成为他的独一无二，我自私地想要他的世界里只有我一个人。

"青柚，我们都不要闹了，好不好？"他捧住我的脸，难过地望着我。

我哭着不说话。

他轻轻抹掉我脸上的泪珠。

"夏青柚，我喜欢你，一直很喜欢。"他说。

我看见了他身后站着的惠美，她漂亮的脸因为愤怒都扭曲了，她恨恨地瞪着我们，然后愤然转身离开。

韩以东说，他把惠美当成亲妹妹，可惠美是那样喜欢他，不顾一切。

放学后，韩以东骑车带着我来到海边。芽芽和闵彦跟着跑过来，两个人在沙滩上闹起来，芽芽要闵彦给自己找海螺，因为韩以东曾经给我找过海螺。

"不行，我一定要海螺。"芽芽生气地嘟嘴说。

可怜的圆脑袋顶着冷风被冻得瑟瑟发抖，找了一袋子贝壳就是没有找到海螺。

他生气地说："海螺有什么好的，一点儿创意都没有。贝壳不行吗？为什么贝壳就不行？"

"贝壳一点儿都不浪漫，我要海螺。"芽芽固执地跺脚，生气地说，"你一点儿都不在乎我，一点儿都不浪漫，我要跟你分开。"

圆脑袋甩手把贝壳丢在地上，说："分开就分开，我去找个喜欢贝壳的人，你就去找你的海螺吧。"说着，他气呼呼地转身就走。

"喂？你给我回来！"他身后，芽芽叫起来，追上去，一脚踹在他屁股上。

圆脑袋气极了，捂着屁股蹦起来："喂，你敢踹我的屁股？"

芽芽凶巴巴地叉腰，瞪着他："我就踹了，怎么样？"

"你，疯婆子，我跟你拼了。"圆脑袋气呼呼地叫着扑过去，两个人打成一团。

我和韩以东远远地看着，暗暗抹汗。

"为什么带我来这里？好冷啊。"我缩着脖子说，不明白他为什么把我带到这里来。

韩以东扭头看我，笑起来，回头望着大海说："我很小的时候妈妈带我来到这里，她跟我说，每个孩子都是上帝的宠儿，都是幸运的。她说的话我从来都不相信，因为那个男人。"

我抬头看他，知道他指的那个男人是谁，青皇集团的董事长，他的父亲。

"夏青柚，你的梦想是什么？"韩以东问我。

"嗯？"我愣住，我的梦想是什么？成为一个了不起的人？学习成绩第一，这些算不算？

对于未来，我只想要做到最好，做到第一。可是，这些算是梦想吗？

韩以东说："我的梦想是举办一场属于自己的画展，我想要把自己看见的、想到的东西全部画下来，记录下时光里的美好。"

我想起，他画画很有天分，我记得他家里的那幅画，画得很漂亮。

"喂，韩以东，以后给我画一幅画好不好？"我笑起来，抬头看他。

他低头看我，眼神有些复杂，然后笑起来，说："好啊。"

圆脑袋和芽芽打累了，倒在沙滩上呼哧呼哧喘气，瞪着对方谁都不服气。

离开沙滩的时候，韩以东问我，如果为了梦想需要放弃一些东西，你愿意放弃吗？

我想了想，说："生活和梦想应该有一个平衡点，权衡两边。可是，如果你想要追逐自己的梦想，那就去追逐吧。"

那个时候，我知道他有自己的梦想，我希望他能够去追逐自己的梦想。可是我不知道，那个时候，他就已经决定要离开了。

5

我们从海边回来，第二天是星期六，我和韩以东他们约了去游乐园玩耍。

第二天，早早地，芽芽和我跑到游乐园门口等韩以东和圆脑袋。不一会儿圆脑袋就来了。芽芽见到他立刻高兴地跑过去，又和他玩得不亦乐乎。

这两个家伙，昨天还打得你死我活，一晚上不见又和好了，跟小孩子一样。不过，这样真幸福。

"青柚姐，待会儿我们去坐摩天轮吧！听说当摩天轮到达最高点的时候，两个人在一起就会一辈子在一起呢。"芽芽高兴地说着，指着不远处的摩天轮，充满期待地说。

圆脑袋把手搭在额头前张望，说："什么？一辈子？要是我一辈子跟你在一起那岂不是完了？"

"喂，闵彦，你什么意思？跟我一辈子在一起不好吗？"芽芽不满地问。

圆脑袋叫起来："那是当然的啊，我还有那么多青春时光，要是全部给了你，我怎么办？"

芽芽叫起来："你敢再说一遍吗？"

"喂，你这么大声干什么？好多人在看呢。"圆脑袋叫起来。

我头疼地看着这一对。这两个人上辈子是冤家吗？怎么一见面就吵架？吵完了没一会儿又和好了，简直跟小朋友一样。

游乐园门口热闹极了，因为芽芽和圆脑袋又吵起来了。

我抬手看看手表，韩以东还没有来。真是的，那家伙怎么这么慢？

我正抱怨着，远远地，惠美和一群女生走过来。见到我们，她们停下来。

她扫了一眼周围，问："怎么只有你一个人？以东呢？不会是你又被他甩掉了吧？"

话音落下，她身后的那些小跟班哈哈大笑起来，挑衅地看着我。

芽芽和圆脑袋立刻跑过来，瞪着不友善的惠美，说："你们来做什么？不用你们担心，青柚姐和大哥好得很。"

"没错，那天在篮球场上你没有看见吗？韩以东和青柚姐已经和好了。"芽芽得意地说道。

惠美冷冷地看了芽芽一眼，再扭头看着我，说："夏青柚，你不用得意，我警告过你离韩以东远一点儿，不然你会后悔的。"

圆脑袋忍不住说："惠美，你放手吧，大哥根本就不喜欢你，他只是把你当妹妹看待而已。"

惠美的脸色很难看，她固执地说："那是我和他之间的事，跟你们没有关系。夏青柚，你小心点儿。"

说完，她带着人离开了。

望着离开的惠美，芽芽生气地说："真讨厌，韩以东又不喜欢她，她还死缠着韩以东不放。"

我说："算了，不管她。你们谁给韩以东打个电话，那小子怎么还没来？"

圆脑袋说："我给他打电话。"说着，他立刻拨通了韩以东的的手机号码。

过了一会儿，他皱眉看着我，说，"青柚姐，他的手机关机了呢。"

什么？关机了？他不是说今天要来游乐园玩吗？他不会又玩失踪吧？

我紧张地想着，抬脚就要走："不行，我们去找他。"

韩以东，你要是敢玩失踪你就死定了。

我气呼呼地想着，可是心里惴惴不安，我害怕他会消失，会离开我。

就在我要离开的时候，一个乐队从游乐园里走出来，一个兔八哥摇摇晃晃地跳着舞走过来。

197

我们停下来，回头看身后。

兔八哥身后一是一群小兔子，他们踩着音乐的节拍走过来。兔八哥走在最前面，小兔子们戴着黑色的小领结，蹦蹦跳跳地跟在他后面。

四周所有的游客都惊呆了，震惊地望着眼前的一幕。围观的人越来越多，大家纷纷拿出手机拍照。

"啊，快看，兔子在跳舞呢。"一个女生兴奋地叫起来。

"妈妈，小兔子和兔八哥。"人群里，一个小女孩指着兔子们高兴地说。

我被眼前的这一幕惊呆了。哇，我从来没有见过这样的情景，一只兔八哥领着一群小兔子？实在是太好玩了。

"哇，青柚姐，快看，他们朝我们这边走过来了，好多可爱的小兔子。"芽芽惊喜地叫起来。

这时，兔八哥走到我面前，优雅地单膝跪下，像变魔术一样从身后变出一枝玫瑰来。

"哇，好厉害。"四周的人惊奇地叫起来。

"给我的？"我奇怪地问。

兔八哥点头。

我接过玫瑰，他起身，手指绕着玫瑰转啊转，突然，"砰"的一声，火红的玫瑰变成了蓝色的。

"啊。"我惊喜地叫起来，这实在是太神奇了，他是怎么做到的？

他走到我面前，动了动手指，一根项链缓缓出现在我眼前，一条黑色的项链，上面是"韩以东"三个字的拼音缩写。

韩以东？

我呆住了，瞪大了眼睛，像傻瓜一样盯着那条项链，反应不过来。

他给我戴上项链，缓缓地取下兔子头套，灿烂的笑脸出现在我面前。他笑着说："怎么样？喜欢吗？"

我瞪着他身后那些活蹦乱跳的兔子，兴奋地说："太喜欢了！韩以东，你是怎么做到的？这些兔子怎么会跟着你跑？"

韩以东眨眼笑着说："秘密。"

四周的游客纷纷跑过去抱着兔子玩起来，高兴地叫着："好可爱的兔子。"

"让我摸一摸，我也要小兔子。"芽芽盯着那些兔子，惊讶得合不拢嘴。

"大哥，你是怎么做到的？好厉害。"圆脑袋跟着惊叫道。

芽芽一脸激动地抱起一只小兔子，脸蛋拼命地往兔子身上蹭，对圆脑袋说："闵彦，我也要这样子，我也要小兔子。"

圆脑袋顿时拉下脸，委屈地转身对我叫起来："青柚姐，你管管她，要是哪天大哥送你飞机，那我该怎么办？"

"你是什么意思？为什么韩以东可以做到，你却做不到？不行，我也要小兔子，我也要玫瑰花，我也要项链。"芽芽和圆脑袋再次杠上了。

韩以东脱掉兔子装，笑看着发愣的我，说："走，进去玩吧。"说着，他用温暖的大手牵着我走进游乐园。

身后，芽芽和圆脑袋还在吵架。

我们都没有发现，身后，惠美带着一群女生，用恶毒的目光看着我们。

6

游乐园里，韩以东牵着我在人群中穿梭。

我低头看脖子上的项链，嘴角不自觉地扬起。

我们来到射击区，一群人在柜台前射击。我跑过去，招手对韩以东叫："韩以东，来玩这个，我要那只愤怒的小鸟。"

韩以东走过来，说："好。"然后开始投币射击。

按照电视剧里的情节，一般这种时候男孩子应该飞快地击中奖品，然后女孩子兴高采烈地带着奖品离开。可是，这家伙都射击了十次了，却一次都没有击中奖品。

"往左边一点儿，左边一点儿。"我紧张地趴在他旁边说。

"啪！"

随着枪响，子弹飞出去了，又没有打中。

"你别吵，让我安静一下。"他很紧张，开始不耐烦了。

我受不了了，这家伙都射击了十次了却一次都没有打中，我一把抢过枪说："走开，看我的。"

我举起枪，对准目标打过去。

"啪！"

随着枪响，子弹打中兔子的脑袋，兔子仰面倒下去。

"啊？打中了？万岁，我打中了。哈哈哈，韩以东，你看见了没有？我打中了。"我激动地指着被打中的兔子叫起来。

他不服气地说："运气好而已，让我来。"

我举着枪躲开，说："运气好？才不是呢，我这个叫实力，不信我再打一次。"说完我又趴下来，再次射击。

事实证明，刚刚的确是我运气好，打了三十多次，最后我放弃了，抱着赢来的小兔子拽着韩以东离开："走，我们玩别的项目去。"

吃冰激凌、逛鬼屋、坐过山车、吃爆米花，我们不知道逛了多久，突然，我的手机响了起来。

"惠美？"看着来电显示，我奇怪地想，惠美给我打电话做什么？

韩以东凑过来看见是惠美的电话号码，他皱眉说："她又想做什么？"

"不知道。"说着，我接通电话，问："惠美，你又想做什么？"

"夏青柚，来摩天轮这里，我要跟你谈判。"电话那边，惠美说。

"谈判？我们有什么好谈判的，我不想跟你谈判。"说着，我就要挂断电话。

惠美说："如果你不来，你会后悔的。"

后悔？我永远不会后悔，我一点儿都不想见到那个家伙。

就在我要挂断电话的时候，电话里传来芽芽惊恐的哭叫声："青柚姐，救命，惠美疯了，她疯了，呜呜呜。"

芽芽？芽芽怎么和惠美在一起？怎么回事？

"芽芽？你把芽芽怎么了？你在哪里？"我紧张地大声问道。

惠美说："来摩天轮下面，一场好戏等着你。"说完她挂断了电话。

"怎么了？"韩以东问。

"摩天轮，快去摩天轮那里！"我焦急地往摩天轮跑去。

我和韩以东跑到摩天轮下面，摩天轮转得很慢。我焦急地张望四周，不知道芽芽在哪里。

我只好急忙给惠美打电话："我来了，你在哪里？"

惠美说："抬头看，我们已经快要到最高点了哦。"

我抬头看去，只见惠美打开了摩天轮座舱的门，芽芽站在门口，吓得失声尖叫。

摩天轮下的人纷纷叫道："啊，她们在做什么？"

"门被打开了，那个女孩快掉下来了！"

大家指着上面惊恐地大叫起来。

"惠美！"我快要气疯了，又很害怕，我的心跳到了嗓子眼，快要无法呼吸了。

"惠美，你在做什么？放开芽芽！"我吓得失声尖叫。

"夏青柚，把韩以东还给我。"惠美冷酷地说。

韩以东气得快疯掉了，抢过手机怒声说："惠美，你在做什么？退回去，放开芽芽！"

惠美说："以东，你终于愿意和我说话了。以东，回到我身边好不好？我们还像以前一样好不好？不要跟别人在一起，留在我身边。"她说着，哭起来。

"惠美，你知道你在做什么吗？"韩以东失控地叫起来。

"我不管，我管不了别人。为什么？为什么你要喜欢上别人？我在你身边那么久，为什么你从来不肯看我？我喜欢你，从小就喜欢你，你是知道的，可是为什么你心里只有夏青柚？以东，我们回到最初好不好？我们像以前一样好不好？我保证离开金浩，我保证金浩不再闹了，好不好？"她呜呜地哭起来，伤心地乞求着。

韩以东说："惠美，退回去，抓好里面的东西，放开芽芽。乖，听话，不要闹。"

"那你和夏青柚分开好不好？"惠美问。

韩以东气恼地说："惠美，你不要闹了。"

没有得到自己想要的答案，惠美崩溃了，尖叫起来："为什么？我为了你做了那么多，一直以来我都陪伴在你身边，为什么你要和别人在一起？韩以东，你总是让我不要再闹了，不要再闹了，你总是把我当小孩子一样哄。我长大了，我不是你妹妹，我是惠美，为什么你就不能把我当一个女生看待？我那

202

么喜欢你，为什么你要背叛我？为什么你要喜欢别人？"

她的情绪非常激动，我被吓到了，在旁边叫起来："惠美，你冷静，抓好芽芽，冷静。"

惠美已经气昏了头，她凶狠地叫起来："夏青柚、韩以东，我要你们后悔一辈子！"

怎么办？现在该怎么办？

惠美疯了。

"呜呜呜，青柚姐，救命——"摩天轮上，芽芽失声痛哭。

"快点儿报警啊，快点儿救救那个女孩啊。"

"已经报警了。"

谁来救救她？

救救芽芽！

我急得团团转，突然，一个念头在我脑海里闪过，我低头看着手腕上的手表。

如果让时空停止，那么我就可以救芽芽了。

可是，她在那么高的地方，即使让时空停止了，我也得从摩天轮下爬上去，冒着生命危险去救她。

就算我成功地把她救下来了，那也需要耗费很长的时间，我可能会因为过度使用手表而死掉。

可是，现在除了我，没有人可以救芽芽。

也许我会死掉，也许我会没事。

赌一把吧，夏青柚。

我抬头，望着空中的芽芽，耳边是韩以东焦急的叫声。

人群里，圆脑袋不知道从什么地方跑过来，见到这一幕，他吓得快要倒

下了，在下面举着双手团团转，想要接住芽芽，叫喊着："芽芽，不要怕！我在这里！"

见状，下面的人纷纷举起自己的双手，试图随时接住掉下来的芽芽。

"咔嚓！"

凝望着芽芽，我毫不犹豫地按下了宝石按钮。

赌一把吧，夏青柚。

第十章

CHAPTER

再见，韩以东

10

CALLING
TIME'S
GIRL

1

时空停止了，时光凝固了，所有的声音都消失不见。

我穿过拥挤的人群，仰头望着上面的芽芽和惠美，沿着摩天轮往上攀爬。我爬得越来越高，也爬得越来越慢，因为稍有不慎，我就有可能掉下去。

我知道，时间停住了，可我的生命在流逝。

使用手表的时间越长，我就越危险，可是除了这样，我已经找不到可以救芽芽的办法了。

我缓缓地往上爬，离脚下的人越来越远，离芽芽越来越近。

随着我的靠拢，我看见了芽芽脸上的惊恐和泪珠，表情和眼泪在她的脸上凝固。

我艰难地爬过去，趴在摩天轮上，艰难地、小心翼翼地往摩天轮座舱里钻。从上面下去的时候，我脚一滑，差点儿摔下去，慌乱中，我抓住了门。

我缓缓滑下去，紧张地伸出脚，终于平安地落在了摩天轮座舱里。看着惠美，我真想揍她一拳，可是现在最重要的是救芽芽。

我吃力地把门拉回来，然后抓住芽芽的手，用力地把她拽上来，终于把芽芽拽进了座舱里。

关好门，我长长地舒了一口气，坐下来，然后按下了按钮。

"咔嚓。"

时间解冻了，我耳边重新响起喧嚣声。

惠美突然看见我，她吓了一跳，叫起来："夏青柚？你怎么会在这里？"

正在哭泣的芽芽听见惠美的叫声抬起头，这才发现自己在座舱里面，已经安全了。

她猛然扭头，见到我，她立刻哇哇大哭起来，扑进我怀里："青柚姐。"

摩天轮还在旋转，我安慰着芽芽，说："没事了。"

可是，我的头一阵眩晕。

已经开始要发作了吗？

这一次，我会昏迷多久？

我正想着，只觉得胸口发闷，想要吐。

惠美难以置信的叫声在我耳边响个不停："你是怎么进来的？夏青柚，这到底是怎么回事？"

我看着已经抓狂了的惠美，皱眉说："惠美，你知道你在做什么吗？"

"是你逼我的，夏青柚，是你们逼我的。"她叫起来，转身又要打开门。

我和芽芽急忙跳起来把她按倒在地，我咬牙说："惠美，你给我冷静点儿，你疯了吗？"

头很痛，我想要吐，可是惠美还在挣扎，摩天轮正往下降落，我听见了摩天轮下的叫喊声和议论声。

"怎么回事？门怎么关上了？"

"对啊，怎么回事？一眨眼门就关上了，发生了什么吗？"

大家议论纷纷。

摩天轮降落，门被打开，韩以东和圆脑袋立刻跑过来。我和芽芽从里面走出来。

我有些脚步不稳，扶住芽芽低声说："芽芽，扶住我。"

我快要倒下了，头好痛，我要吐了。

"青柚姐，你没事吧？"芽芽紧张地问。

韩以东见我从里面出来，震惊地问："青柚？你怎么从里面出来？"

他不知道，我有一块能够让时间停止的手表。因为这块手表，我曾经救了他一次，而这一次用在了芽芽身上，以后也许我再也没有机会使用它了，我的生命似乎就要走到尽头了。可是，值了，因为芽芽平安无事。

我好想吐。

我推开芽芽，疾步跑到垃圾桶前，再也忍不住了，哇哇地吐起来。

和以前不同，这一次我没有昏倒，只是头很痛，想要吐。这是怎么回事？是好还是坏？手表对我的影响是加重了，还是减轻了？

我不知道，耳朵嗡嗡直响。韩以东他们焦急地跑过来，我已经听不到他们在说什么了，茫然地起身，只看见他们的嘴巴不停地动啊动。

仿佛过了很久，我终于听见了他们的声音。

"青柚姐，你没事吧？"

"夏青柚，你还好吧？你怎么了？"

我回过神，虚弱地说："我没事。"

我抬头看向不远处，惠美被一群人围了起来，许多人望着我们这边。

我扶着韩以东说："我们回去吧。"

现在如果还不走，他们会来追问我为什么会出现在摩天轮里的，那个时候就无法解释了。

我说着拉着韩以东转身要走，可是，转身的时候，我看见了垃圾桶里我吐出来的东西，有血。

血？我吐血了吗？

是错觉吧，除了头疼、胸口发闷，我觉得自己很好，没有什么大问题。

我望着垃圾桶发呆。

韩以东问："怎么了？"说着他要看垃圾桶。

我急忙把他推开，说："走吧，脏死了，我们回去吧。"

最后，圆脑袋送芽芽回家，韩以东送我回家。

2

我家门口。

韩以东皱眉说："对不起，我本来想给你一个惊喜的，却没想到事情会弄成这样。"

我故作轻松地摇头说："没关系，谢谢你，韩以东，我今天很开心。"

我又想吐了，我急切地想要冲回家，我害怕在他面前吐出来，更害怕自己会吐出血来。

"我进去了，明天见。"我说着飞快地转身往屋内走去。

韩以东叫住我："青柚。"

我回头看他，问："怎么啦？"

他表情复杂地望着我，欲言又止，最后说："青柚，你会原谅我吗？"

原谅？今天的事情吗？

今天的事情和他没有关系，都是惠美搞出来的。他今天是怎么了？给了我那么大的惊喜，又说这些莫名其妙的话。

"韩以东，你怎么啦？"我奇怪地问。

他挤出一抹笑容，说："没事。"

我笑着冲他招手，转身进门。离开了他的视线，我再也忍不住了，一路狂奔到卫生间呕吐起来。

洁白的洗漱盆里，殷红的血染红了我的视野。

我又吐血了。

我的脸色变得苍白，抓着洗漱盆的手颤抖起来。我看着镜子里的自己，脸色苍白难看，嘴唇被血染红。

我抬手看手腕上的手表，心开始颤抖。

身体恶化了吗？因为使用手表的时间太长了，所以身体恶化了吗？

卫生间外面传来妈妈的声音："青柚？是你回来了吗？"

随着叫声，她的脚步声越来越近。

我吓得猛然回过神，慌忙关上门，唯恐她看见眼前的一幕。

"青柚，你还好吗？"妈妈在门外停下来问。

我急忙说："我没事。"

"那就好。今天怎么这么早就回来啦？青柚宝贝，今天你老爸请客，晚上我们去外面吃饭，想吃什么尽管点，千万别跟他客气。"

"嗯，知道了。"我回应一声，拖着虚浮的脚步走到洗漱台前，望着洗漱盆里殷红的血，心"扑通扑通"乱跳。

也许我没事，也许和以前一样，睡一会儿就好了。

"没事没事，夏青柚，不要自己吓自己。"我这样跟自己说，急忙打开水龙头把血冲走。

我浑身发抖地回到房间里，钻进被窝。

我开始感到害怕，我怕自己会死掉。

可是，我不后悔，如果再来一次，我一样会按下按钮，救下芽芽。可是，我好难受，胸口好痛。我又想吐了，可是我不敢吐，我怕再次吐出血来。

我裹在被子里瑟瑟发抖，害怕极了，可是我不敢告诉别人。我不敢告诉妈妈，我怕她会担心。我不敢告诉韩以东，我怕他会难过。

我不知道自己是不是真的就快要死掉了，我只知道，现在的我好难受，好难受。

我还有很多事情没有做，我还没有看见韩以东完成他的梦想，我还没有考上好的学校。我的人生刚刚开始，我害怕自己会就这样死掉。

我难过地哭起来，我怕极了，谁能救救我？

晚上，爸爸回来了，带着我和妈妈去餐厅吃饭。我穿了几件厚厚的衣裳，坐在车内，依然觉得很冷。

"爸，你开冷气了吗？为什么这么冷？"我裹着衣裳，浑身发抖地问。

妈妈奇怪地看着我，说："没有啊！啊，青柚宝贝，你怎么穿了这么多衣服？你怎么在发抖？"她说着，握住我的手，惊叫起来："你的手怎么这么凉？你是不是感冒了？"

我吸了吸鼻子，故作轻松地说："我没事，回去睡一觉就好了。"

妈妈扭头对爸爸说："老公，把暖气打开，青柚的身体太凉了。"

"好。"爸爸说着打开暖气，车内一下子暖和起来。

可是，我一点儿都感觉不到。

好冷，仿佛不管我穿多少衣裳都不会觉得温暖。

不一会儿，我和爸爸、妈妈来到餐厅吃饭。他们点了满满一桌子美食，要是平时，我肯定食欲大开，可是今天，我一闻到那些食物的味道就特别想吐，一点儿都吃不下。

"怎么了，青柚？胃口这么不好，而且你的脸色很难看。你还好吗？"爸爸担心地看着我问。

211

我吃力地摇头，虚弱地说："我没事。"

妈妈起身说："我们不吃了！走，带她去医院，她这个样子看起来实在是扛不住了。"

于是，爸爸、妈妈带着我离开餐厅，开车前往医院。

医院里，我躺在病床上。在妈妈的坚持下，医生给我做了一个全身检查，可是具体的检查结果要过几天才能知道。

因为我浑身发冷，身体虚弱，医生建议我先住院。于是，我又住院了。妈妈在旁边守着我，爸爸回公司去了。

我躺在床上望着妈妈，妈妈的身影在我眼前开始变得模糊。头好疼，疼得我好难受。

"妈妈，我睡不着。"我虚弱地喊她。

她微笑地看着我，说："那我给你唱首歌好不好？"

我微微点头，她开始唱起来，哼着我不知道的摇篮曲："天上的星星眨着眼，地上的小孩还不睡觉，月亮笑弯了腰，奶奶还在灯下剪纸画……"

我迷迷糊糊地听着，迷迷糊糊地睡着，仿佛看见了那样的画面——

漆黑的夜晚星星闪烁，小屋里的灯还亮着，小孩趴在床上看窗台下剪纸画的奶奶，摇着头，哼着歌，咯咯笑起来。

我想，等我睡一觉，醒来时身体就会恢复了。

所以，不要害怕，夏青柚，一切都会好起来的。

我这样安慰自己，睡着了。

可是，第二天，当我醒来的时候，我的手脚依然冰凉，像一个没有温度、没有灵魂的躯壳。

3

"青柚姐,咱们今天去爬山吧。"一大早,芽芽就给我打来电话,高兴地说。

我张嘴想要回答她,却发现连说一句话都是那样吃力。我浑身没有力气,连说话的力气都没有了。

"芽芽,我感冒了,不去了。"我虚弱地说。

芽芽问:"怎么感冒了?青柚姐,我现在立刻去看你。"

我说:"不用了,我在医院。"

"什么?你住院了?等着我,我马上过来。"说完她飞快地挂断了电话。

放下手机,我扭头望着窗外,外面的天蓝蓝的,云白白的,真想出去走走啊。可是,为什么这么冷呢?

这时,妈妈端着牛奶从外面走进来,说:"宝贝,喝点儿牛奶吧。"

我坐起来,接过牛奶,可是一闻到那股味道我就想吐。我推开牛奶趴在床边,捂住嘴想要吐出来。

妈妈慌忙放下牛奶,扶住我,拍着我的背,关切地问:"怎么了?还是很难受吗?"

我感觉就快要吐出来了,一股血腥味在我的口腔里弥漫开来。我抿紧了唇,飞快地下床,冲进卫生间,关上门,趴在洗漱池边剧烈地呕吐起来。

血,殷红的血晕染着洁白的洗漱池。

我浑身发抖,眼泪掉下来。

为什么会这样?怎么办?我会死掉吗?

韩以东，你在哪里？

救救我，韩以东。

我哭泣着，蜷缩在地上，抱紧自己。我害怕极了，我怕自己会就这样死掉。

韩以东，我想见你，你在哪里？

门外，妈妈焦急地拍着门问："青柚，你到底怎么了？你没事吧？"

我呜呜哭起来，我不知道该怎么办了，我好害怕，谁来救救我？

妈妈在门外已经急疯了，她拼命地拍着门。

我摇摇晃晃地起来，冲干净洗漱池里的血，打开门走出去。

看到我终于走出来，妈妈紧张地抓住我，问："宝贝，你到底怎么了？你怎么哭了？"

我抹掉眼泪，说："我没事。"

我不肯说，妈妈也不知道发生了什么。我骗她，说我想喝米汤，于是她二话不说就赶回家去给我熬米汤。

我站在窗前，打开窗户，阳光照进来，落在我身上。可是，我感觉不到温暖，只觉得好冷。

即使是这样灿烂的阳光，也温暖不了我，我已经感受不到温暖了。

夏青柚，你快要死掉了吗？

望着窗外，我怔怔地想着。

不一会儿，芽芽急匆匆地跑了进来。见到我，她立刻扑了过来，紧张地问："青柚姐，你怎么了？"

我挤出一抹笑容，说："我没事。"

芽芽摸着我的手，叫起来："青柚姐，你的手好冷。快，躺在床上去。"她说着，几乎是把我拽上了床，然后着急地转身关上窗户，"不能让风

214

进来。"

我躺在床上，看着忙碌的芽芽，不由自主地笑起来。记得第一次见到她的时候，她在讲台上自我介绍。

她说，她叫伊芽芽，黑板上的字写得乱七八糟，难看死了。名字奇怪，字迹难看，而且她最大的兴趣居然是织围巾和毛衣，真是个奇怪的女孩。

可她永远都这样充满活力，对什么都一惊一乍的，冒冒失失的，跟圆脑袋倒是很像。

她成绩并不优秀，兴趣也很奇怪，可是她喜欢我、相信我，不管发生了什么，她永远站在我这边。

"芽芽。"想到这里，我感动地望着她，能够遇见她真好。

芽芽走过来坐下，转身从书包里拿出一条围巾来，说："青柚姐，你看，我给你把围巾织好啦，等到天冷的时候你就可以戴了。过几天我再给你织一双手套，红色的，好不好？"

我笑起来，这家伙，真的把针织当成自己的事业了，还真是充满热爱啊。

"对了，青柚姐，惠美被带到警察局去了。金浩来找我，希望我去给她求情，就说是跟她闹着玩的。天啊，闹着玩？我差点儿就丢掉了小命呢，居然说是闹着玩？"芽芽气呼呼地说。

我微笑着听她讲述。

她收起生气的表情，奇怪地瞪着我说："可是，青柚姐，你是怎么出现在摩天轮里面的？"

我不想跟她解释，即使解释了，她也不会相信。如果相信了，她又要为我担心了。如果她知道我为了她弄成这样，她一定会很难受吧。

这样想着，我说："秘密，以后告诉你。"

没有得到答案，她撇撇嘴，眼珠子一转凑过来，问："青柚姐，你该不会是外星人吧？"

我"扑哧"一声笑起来，说："你见过像我这样漂亮的外星人吗？"

正说着，圆脑袋急匆匆地跑了进来，大叫一声："青柚姐，不好了，大哥去美国了。"

"什么？"我呆住了。

韩以东去美国了？

他出国了？

他去美国做什么？

圆脑袋急得团团转，说："我刚知道。我今天去找大哥，他家里的东西已经被收拾干净了。我遇到他老爸的秘书，他告诉我，大哥昨天晚上坐最后一班飞机去美国了。"

什么？

我的耳朵嗡嗡直响，脑袋里闪过许多画面，我不敢相信。

昨天我们还在一起，一切都好好的，为什么他突然说走就走了？

"不可能，他昨天还在。闵彦，你不要骗我了。"我声音发抖地说。

圆脑袋急得团团转，说："是真的，我还不相信，以为他去找你了，我就跑到你家里去了。结果阿姨告诉我你住院了，我才知道是真的。青柚姐，大哥真的去美国了。"

芽芽叫起来："他为什么去美国？他去美国了，青柚姐怎么办？"

我脑子里乱成一团，想起昨天分开的时候他问我会不会原谅他，他说的是这件事吗？

他为什么要去美国？

为什么他要走了却不告诉我？

他去了美国，我怎么办？我们怎么办？

"手机！我要给他打电话！"我到处找手机。拜托，请告诉我这不是真的，请告诉我这是圆脑袋的谎话。

圆脑袋说："我给他打过电话，他的手机已经关机了。"

"手机！"我再也忍不住了，失控地叫起来。

他去美国了，为什么？

他不要我了吗？

他去美国了，我怎么办？

芽芽和圆脑袋被我吓坏了，急忙给我找出手机，把手机递给我。

我颤抖着手给韩以东打电话，可是他的手机关机了，我打不通。

"QQ，你们有谁在QQ上找过他？"我拿着手机一边登录QQ一边问。

圆脑袋说："我找过，他不在线。"

手机关机，QQ不在线，他说离开就离开了。

可是，我怎么办？

我终于登录了QQ，一条消息立刻弹了出来，是韩以东昨天晚上给我留的言。

青柚，对不起，我要去美国进修了。你知道的，我喜欢画画，我的梦想是画出自己所有想画的画面。一直以来我都有一个梦想，那就是举办一个自己的画展。之前我没有机会去实现它，现在，那个男人三番四次找到我，甚至给我联系好了美国最好的美术学院。所以，你等我好不好？我一定会回来的。原谅我的不辞而别，我害怕面对你的时候会犹豫会退缩，所以只能以这种方式跟你道别。夏青柚，谢谢老天让我遇见了你。在没有遇见你之前，我的生活一片黑暗，我看不见未来。自从遇见了你，我才想要改变。你是那样优秀，让人忍

不住想要靠近，却又害怕靠近。我想要成为能够和你站在一起的人，因为你，我想要变得更加优秀。所以，斟酌再三，我答应了那个男人。我想了很久，才想出在离开之前，扮成兔子给你送花，然后带你在游乐园里玩一整天的主意。我想，用这样的方式跟你告别，或许你更加容易接受吧！夏青柚，给我几年的时间，好不好？几年后，我会回来的。

他为了他的梦想，去了美国，甚至连一句再见也不愿意当面对我说。

他问我，会不会原谅他？

韩以东，为什么要离开？为什么不辞而别？为什么欺骗我？

4

"噗——"

我气急攻心，一口血喷出来，殷红的血染红了床单。眼前一黑，我昏迷过去。

可是，这一次和上一次昏迷不同，我能听见周围的声音，能看见医生从门外急匆匆地跑进来，能看见芽芽吓得哭起来了，能看见圆脑袋惊恐的脸。

我死掉了吗？

我感觉自己仿佛飘浮在虚空中。我看见了床上躺着的自己，脸色苍白，形容憔悴。洁白的被子上，血晕染出一朵红莲，仿佛即将凋谢，那样苍白，那样无力，又让人心生怜惜。

床上的我眼角挂着来不及掉下来的眼泪，眉头紧锁，眉宇间尽是悲伤。

可怜的女孩啊，你为什么流泪？我飘浮在空中，望着床上的自己，在心里悲伤地问道。

医生使用了心电复苏仪器，我的意识渐渐恢复，脑海里闪过很多念头。

韩以东离开了，他要去美国进修，他甚至没有跟我说再见。

在海边的时候，他说他有一个梦想，当梦想和现实发生冲突的时候，他问我是不是要舍弃某些东西。

所以说，我是被他舍弃掉的吗？

韩以东，你可以去追逐你的梦想，可是，为什么你连一句再见也不敢亲口对我说？

如果时间能够倒流，我宁愿从来不曾遇见他。

我不知道自己在床上躺了多久，当我再次醒来的时候，我已经在重症病房了，身上插着好多输液管，就连呼吸也要借助氧气瓶。

妈妈趴在床边，握着我的手睡着了。

我的手指动了动，她猛然惊醒，抬头看着我，问："青柚？青柚，你醒了！太好了，吓死妈妈了，青柚。"

她抱着我流下泪来，她看起来很憔悴，仿佛很久没有睡觉了。

我想要张嘴对她说话，可是脸上戴着氧气罩。

我这是怎么了？我的身体变得很糟糕了吗？

"妈妈……"我虚弱地问。

妈妈说："宝贝，不要说话，你的身体还很虚弱。你放心，你会没事的，妈妈在这里陪着你。"

我看向四周，房间里只有妈妈，没有韩以东。

他真的离开了。

我难过地闭上眼睛。现在，我什么也不想要了，我只想见到他。

可是，他在哪里？

想到他，我心痛得难以呼吸，眼泪掉下来。

妈妈慌忙问："怎么了，青柚？哪里不舒服吗？我立刻去叫医生。"说完她急匆匆地离开了。

病房里只剩下我一个人，这时，一股奇怪的感觉涌来。

我睁开眼睛，房间开始变形扭曲，空中被划破一道口子，一股疾风涌出，吹得我瞪大了眼睛。

那个大叔？给我手表的那个大叔？

裂缝里，一只脚跨了出来，接着，他整个人很艰难地从裂缝里挤出来。

几个月不见，他看起来胖了一点儿。

他艰难地挤出来，帽子掉在了裂缝里，他慌忙转身抓住帽子。

"小淘气，你要去哪里？"说着，他抓回帽子戴在头上，瞬间，裂缝消失不见，风也消失不见。

我惊讶地瞪着他。

他扭头看着我，啧啧摇头走过来，说："夏青柚，你真淘气，你看你，不听话了吧？我跟你说过，不要胡乱使用手表冻结时间。你知道我有多忙吗？那群时空警察真是太讨厌了。"

我睁大了眼睛瞪着他，他到底是谁？

时空警察是怎么回事？

还有，刚刚那是怎么回事？

他坐下来，取出一根银色的带子，戴在我的手腕上，说："我刚刚从海底世界回来，那里的人鱼真是热情。老实说，如果不是阿怪告诉你快要死掉了，我绝对不会回来。"

他说着，给我戴好带子，上面的数字立刻跳动起来。

他抬头看我，笑起来，说："不错嘛，我以为你已经死掉了呢，看来我来得还是时候。"

"你到底是谁？"我震惊地问。

他说的那些事情简直就像是天方夜谭，他到底是谁？

"我？我是时空旅行者杰尼，一个优雅的绅士，当然，时空警察局的那群人喜欢叫我时空大盗，因为我穿越时空从来不给他们纳税。"他说着调皮地冲我眨眼，得意地笑起来。

"时空旅行者？"我惊讶地问。

他微笑地看着我，银带上跳动的数据终于停下来了。

他低头看着上面的数据，说："哦，你的身体真是太糟糕了，不过没关系，交给我吧。"说着，他从口袋里掏出一块白色的手表，微笑着说："现在，把之前那块手表取下来吧。"

我吃力地取下手表。

他给我戴上白色的手表，说："这块手表和时空手表有所不同，这是阿怪的杰作，里面装着一块纽扣般大小的东西，不可以弄丢了。它叫'身体清洁器'，主要功能是清洁身体，恢复你的免疫系统。这块手表和时空手表一样具备认主功能，所以除了你，没有人可以把它取下来，这个就当是送给你的礼物。放心吧，不用一个星期，你的身体就会恢复的。"

戴上手表后，一股凉丝丝的感觉从手腕上蔓延到全身，我觉得身体似乎轻松了很多，细胞正慢慢地被修复，身上的力气也正在慢慢地恢复。

他收起时空手表，站起来说："好了，我要走了，再见啦。"

说着，他拿起钢笔，在空中再次划开一道裂痕来。

"大叔，你去哪里？"我急忙叫道。

他一只脚已经跨进去了，扬起帽子回头看我，笑着说："去做时空旅行。"

"我们还会见面吗？"我急忙问。

他整个人已经走进去了，笑着说："也许还会再见，也许再也不见。遇见你很高兴，再见。"

说完，裂缝消失不见，病房里恢复平静。

他走了。

我呆呆地望着半空。

这时，妈妈带着医生跑进来。

"妈妈，我没事了。"看着一脸焦急的她，我安慰道。

妈妈握着我的手，焦急地问医生："医生，我女儿怎么样？"

医生给我检查身体。

"好神奇！竟然所有衰竭的器官都已经恢复得差不多了！"医生听了听我的心跳，又检查了其他部位，惊叹道，然后转头看着妈妈："恭喜您，您的女儿身体恢复得很好，等一会儿我们再给她做一个全身检查，具体再查查看。"

"真的吗？谢谢，太好了。"妈妈高兴地叫起来，不敢相信地抱住我，说："太好了，青柚宝贝，你没事了。"

我被她抱得快喘不过气了，目光落在手腕上的白色手表上，感觉自己仿佛做了一场不可思议的梦。

5

我的身体正在康复，芽芽得知后，立刻和圆脑袋来看我。

圆脑袋说，还是没有联系上韩以东，他在QQ上给韩以东留了言，但是韩以东没有回复。如果他看见消息，一定会来找我的。

芽芽说，韩以东去了美国后，金浩终于和惠美分开了，他最后还是选择了放手。分开后，金浩转校了。金浩转校没多久，惠美也转校了。这两个人就这样消失在众人的视线里了。

"真是太可恶了，当初她害得我不轻，居然就这样走了，可恶！"芽芽生气地说。

圆脑袋说："要不是你跑去为她求情，她现在肯定还在警察局里待着，你怪谁？"

芽芽红着脸生气地说："我是觉得金浩太可怜了才会去求情的。"

圆脑袋瞪着她说："你脸红什么？喂，你该不会是喜欢上金浩了吧？"

芽芽蹦起来，生气地指着他叫道："你少胡说八道，我是被你气得脸红的。可恶！"

圆脑袋也蹦起来，这两个家伙又吵开了。

唉，真是一对欢喜冤家。

我捂住耳朵，扭头看着窗外。

窗外，阳光很好。即使躺在床上，我也能感受到窗外的温暖。

活着，真好。

一个星期后，我出院了，医生给我检查了身体，我恢复得很好，因为有我手腕上的这块手表，我的身体很健康。

出院后我回到了学校，韩以东还是没有消息，他就那样消失了，消失在我的世界里。

后来，我们一直没有联系上韩以东，再后来，我想，他真的应该淡出我的世界了。

诺菲亚学院没有了韩以东，没有了金浩，没有了惠美，只剩下我，夏青柚。

每次打开论坛，里面最火爆的帖子都是关于我的，可是，在论坛里，我

再也没有见过有关韩以东的消息。

他真的从我们的世界里消失了。

时间匆匆，我开始忙着学习，忙着考试，忙着学生会的事情。

生活还在继续。

夜深人静的时候，我还是会想起那个曾经令人惊艳到无法忘记的少年。

他骑着山地车，风一样地闯进我的世界，蛮不讲理地让我记住他，然后风一样地离开。

如果青春是一个梦，那么他是我梦境里一段残缺的乐章。

又一次，芽芽问我，如果有可能，我还会选择爱上韩以东吗？

我沉默了。

如果重新再来一次，我还会爱上他吗？

我不知道。

只是，再见了，韩以东。

我们就这样，再也不见吧！

尾声

EPILOGUE

CALLING
TIME'S GIRL

几年后，我们毕业了。

毕业典礼热闹极了。

芽芽跟圆脑袋约定，以后要结婚。

我在他们旁边吃刨冰，吓得一口冰滑进了气管里，呛得我直咳嗽，瞪大了眼睛问："什么？你们要结婚？"

疯掉了吗？他们俩在搞笑吗？

圆脑袋吃着冰激凌，说："青柚姐，别理她，她就是个疯子。"

芽芽的脸色立刻变了，她怒气冲冲地站起来，指着圆脑袋叫道："昨天晚上你明明说以后我们一辈子在一起，你会娶我的。"

圆脑袋吓得瞪大了眼睛，满脸通红，紧张地看看我，然后瞪着芽芽叫起来："喂，这种话能随便说给别人听吗？"

圆脑袋害羞了。

芽芽说："我不管，你说了的事情就要做到。"

圆脑袋说："不要，青柚姐你看见了吗？这种人，要是真的娶了她，我一辈子就完了。"

我笑着起身，说："别闹了，一会儿青山那边有个画展，要不要一起去？"

"要！"这两个家伙立刻异口同声地说。

"好，走吧。"我抓起包转身出门，芽芽和圆脑袋立刻跟着跑出来。

不一会儿，我们三个来到青山的画展中心。这次画展的规模很大，来自各国的画家和画手们的作品都在里面参展，是老画家们和新崛起的青年画家之间的一次较量。

以前，我对画展从来不上心，可是，因为韩以东，我开始对画展感兴趣。

因为我记得他曾经说，他的梦想是举办一次自己的画展。

所以，韩以东走后，只要本市一有画展，我和芽芽还有圆脑袋就会跑过去看。

展厅里人很多，却很安静，大家低声评价欣赏着。

我一个人在前面逛着，芽芽和圆脑袋在后面这边看看那边瞅瞅。

正看着，芽芽的惊叫声响起。

"青柚姐！"

该死的芽芽，这里是画展，不要大声喧哗。

我扭头瞪她，却见她指着一幅画一脸震惊地张大了嘴巴。

我顺着她手指的方向走过去，一幅巨大的画出现在我的视野里。

那是一幅巨大的油画。

画里的女孩倔强地抿着嘴角，注视着看画的人。她是那样可爱，那样灵动，像是活的一样。她穿着一条波西米亚风格的长裙，一件牛仔上衣，头发被风吹得高高扬起，手里抓着一根棒棒糖，脚下是一个海螺，她的表情仿佛很开心，却又好像不满。

"韩以东，你该不会以为一根棒棒糖就可以把我搞定吧？"

我的耳边响起记忆里的声音，海边的画面在我脑海里闪过。

我和他，已经几年没有见了。

我以为，我已经忘记他了。

几年了，我们几年没有相见，也没有任何联系。

我想，几年的时间足够忘记一个人吧。

可是，为什么看见这幅画，我竟难过得泪如雨下？

有些人，有些事，他刻在你的脑海里，烙印在你的生命里，是你怎么都无法忽视的过去，是你永远也不能忘却的曾经。

看着眼前的油画，我的眼泪止也止不住。

突然，身后一个清朗的声音响起，如一阵风，穿透我的灵魂——

"夏青柚，想我了吗？"

泪眼模糊中，我看到记忆中那个俊美的少年微笑着朝我走来……

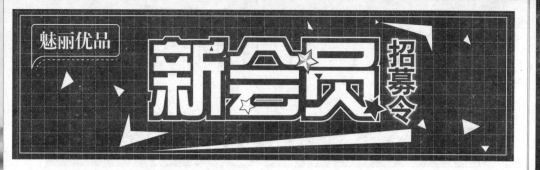

魅丽优品

致亲爱的你：>>

魅丽优品网络平台会员大征集！

每月，史无前例的丰富新人大礼免费送上；

每周，粉丝活跃大奖不定期发送；

每天，海量新书、精彩试读、有奖互动！

总有一款
给你
带来惊喜！

现在，请扫一扫以下二维码，你就能立即加入Merry大家庭，和我们一起畅享快乐文字和精彩活动。

★ 扫一扫，发送#新会员#，即可100%中奖。

魅丽优品贴吧二维码

魅丽优品微博二维码

魅丽优品微信二维码

瞳文社贴吧二维码

瞳文社微博二维码

瞳文社微信二维码

住在心里的积雨云

我们，永远是——父母希望的承载？

我们，永远是——**成龙成凤**的角色？

我们，永远是——**别人家孩子**的陪衬？

NO！我们是，
独一无二的自己！

——小妮子——

耗时一年，心灵指南回归之作

《住在心里的积雨云》

用**真实的故事**，教你如何摆脱命运**枷锁**！

2015年，温暖上市！

THE RAINY CLOUDS
LIVE IN MY HEART

2008—2010
2010—2013
2013—2014
历时两年的精心筹备
50万册的畅销神话
人气经典365天完美锻造

小妮子

悲情之爱巅峰之作

2015 重生

《樱空之雪》

精装珍品版

樱空之雪

KONG

YING ZHI

XUE

让爱在如雪的樱花中重生……
当爱情强烈到让你无法呼吸，你是逃离，还是勇敢面对？

再见，小时候
GOODBYE,CHILDHOOD 2
2
叶冰伦 著
YE BINGLUN ZHU
新生代叛逆女生
她来到新的城市，却陷入同一场青春，时光的陀螺在不停地旋转……
她是——安诗年
光明就在不远处，那些爱与温暖都将回归。
然而……
命运之轮再次转动！
故事之后的又一次绝望，
悲情上演……
叶冰伦 著
经典再续

Y EBING 叶冰伦
LUN

当年青涩的文字，当年稚嫩的那个人，
我们真的就这么错过了吗？

如果，我们令时光倒流，
你，是否会紧紧抓住他们？

《浅浅》《逆蝶》《线偶》《琴音》
2014年全新精装版现已上市
更多精彩番外让你欲罢不能

《浅浅》　　《逆碟》　　　《线偶》　　　《琴音》

《我们就这样》
收官之作，绝品珍藏！
最终狂欢即将到来，
你，还会再次错过吗？

有得吃有得看的甜蜜季节，
你high起来了吗？

米米拉 著

购《未来甜心馆》
品哈根达斯

▶ 购书后参与书内活动，即有机会领取哈根达斯礼券。

活动详情及获奖查询请关注魅丽优品官方微博、微信

扫一扫关注魅丽优品新浪微博

扫一扫添加魅丽优品官方微信

秋风习习，暑气未尽。

"甜心宝贝"征集活动开始啦！

只要你拍下《未来甜心馆》与任意三种甜品的合照（不管是糖果、点心还是饮料，只要是甜甜的食物就行），发微博并@Merry米米拉（作者）@帕格妮妮Backlight（贴身责编妮妮）@luoshuangnight（催稿责编又又），就有机会获得《未来甜心馆》友情送出的哈根达斯礼券。

校园纯爱偶像 ☆ 慕夏

最值得你收藏的 极致浪漫宣言

当年： "偷菜"游戏红遍大江南北时，"农场告白"的爱情被万人追捧，缔造畅销奇迹！

今年： 当回忆重新翻阅，浪漫再度降临，以此纪念你我永不褪色的青春年少！

2014年

《半粒糖，甜到伤》

◆ 全新修订精装版，华丽回归 ◆

时光荏苒……
即使已经不再流行，即使爱情成为记忆中最美的印记；
但我们曾经浪漫的青春岁月，从未褪色！

你错过了当年的初恋，还能错过如今的珍藏吗？

琉璃美人煞

十四郎 著·GLAZE BEAUTY COLOURED

爱是一种执念
是明知飞蛾扑火，也要苦苦追寻……

她是他的魔，让他活着就像死去，
希望尽数变成绝望。

有心者，琉璃即是血肉；
无心者，在天为仙又如何？

"后会有期"十四郎：
你只有看过，才会庆幸未曾错过……

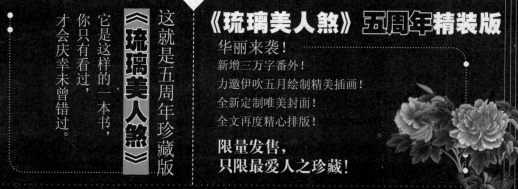

这就是五周年珍藏版

《琉璃美人煞》

它是这样的一本书，
你只有看过，
才会庆幸未曾错过。

《琉璃美人煞》五周年精装版

华丽来袭！
新增三万字番外！
力邀伊吹五月绘制精美插画！
全新定制唯美封面！
全文再度精心排版！

限量发售，
只限最爱人之珍藏！

铁钟 著

蛮荒纪

全九册

年度最佳力作　荣登玄幻之巅

台湾花蝶榜玄幻创作大神——铁钟

收官在即，再创销量神话！

一年零三个月的等待，热血贲张的完结篇——《蛮荒纪IX异域征途》强势来袭！

秦越，一个从地球上穿越而来的柔弱少年，将会告诉你们，一个平淡无奇的小人物是如何披荆斩棘，一路过关斩将，最终打造出属于自己的彪悍人生！

在这里，你将会看到最精彩的厮杀、最热血的奋斗以及最传奇壮丽的世界。

少年啊，在汗水和笑声中挥洒青春，破浪前行吧！

最激情澎湃的神魔大战！

神魔两界百万雄兵决战沙场，即便是神也难逃殒落的宿命，在这场旷世大战中，谁将戚王，谁又将沦为败寇？

最危险重重的异域之旅！

在前往新世界的旅途上，拥有众多大道强者的强盗团突然来袭，面对这场遭遇战，秦越又能否带领众人化险为

最跌宕起伏的秘境探险！

秘境之中，强者如云，险境丛生，这对秦越而言，究竟是机遇，还是劫难？

法破乾坤

永恒Y 著

绝世武尊，傲立巅峰，意外陨落，重回千年。
绝世神器、逆天道诀、超前经验，三者合一，将会打造出一个怎样的
战神？

九把至高神器，缔造三界传说

2014年玄幻文学扛鼎巨作《法破乾坤》王者降临！
全五册震撼上市，火热销售中……

台湾花蝶榜畅销大作，再创玄幻热血传奇！

死亡并不是结束，而是一个新的开始……
这是一个没有生死界限的世界，这是一个虚幻与真实交织的神奇空间。魑魅魍魉，妖魔鬼怪，各种邪魔皆以人类为食。人类，被逼到了绝境……
吞天邪魔破封而出，魔焰滔天，欲以天下为食，毁灭世界……
传说中，只要拥有九大神器便可逆天改命，甚至是重塑世界……
为了守护心爱的人，也为了守护这个世界，郭临暂要成为神器之主，扫尽邪魔，荡尽魍魉，还人类一个朗朗乾坤！

《吞天决》《强者归来》简介

在七岛三峰中，陈轩邂逅近当世强者邓昌，获得了他强大修为的传承。为了探究潇湘修为被封的原因，陈轩独闯仙冥山，对抗心魔，才得到潇湘身体的治愈之法。之后，陈轩回到丹轩门，而北域排名赛此时也已经打响，门派的矛盾与四大势力的其他圣子一起进入了一个陌生地方，一场妖兽的侵袭、利益的冲突，一场旷日持久的战争由此展开，他是否能全身而退？

年度超重磅推荐，点击破亿的惊天神话盛装起航！

玄幻文学第一黑马，至尊大作重磅问世！

吞天决

1至5册已高调上市，火热销售中！

兵临城下，唯我傲视群雄！

为红颜比武招亲夺魁，偶获传承救同门，独战千军万马，一统北域！

凭着《吞天决》，他誓要扫清修行路上的一切障碍，将咸鱼翻身的神话进行到底，成为大陆上众人仰望的王！

热血玄幻，品味经典

狂者为尊

③ 风雪孤人

（超人气大神）

妖夜
作品

困境得缘修奇术
沙场失势入蛮族

网络小说顶级大神

猫腻
林海听涛
盛情推荐！

在过去的两年里，已有5000000人读过此书，300000人写下了精彩评语，100000人成为了妖夜的超级铁杆粉丝——妖神卫！

妖夜归来，妖神卫何在？

内容简介

萧浪以妖邪的身份在北疆隐姓埋名，本是想安安静静地修炼，不料在与血蛮子的一系列战斗中名声大震。
左剑欲拉拢他，却被他拒绝，两人结下梁子，相约决斗。军中大营外，谁能笑到最后？
很快，北疆大战爆发，独孤行运筹帷幄，大败敌军，没想却遭背叛，而叛徒竟然是……
面对义父独孤行遇害，面对那个惊天阴谋，面对天下那些要取他性命的人，既震怒又绝望的萧浪该何去何从？

侦探社的"继承者们"

《千夜星侦探社》 猫小白著

喜欢悬疑？喜欢推理？喜欢神秘？

那就对了，要的就是这个feel！

千夜星学院是一所超级有名的学院，各大财阀的继承人都在这所学院学习。为了培养学生的综合素质，学院鼓励开办各种各样的社团。

其中四个美少年一起组成了超级受欢迎的1号侦探社，并高调地发布了学院史上最难的谜题——寻找神秘遗失的宝物。他们宣称能通过谜题找到宝物的人，可以成为侦探社的第五位成员。这件事顿时在千夜星学院引起轩然大波，无数女生跃跃欲试……

欢迎你来挑战！
你，能成为第五个社团成员吗？
请加入我们……

2014年，即将上市

一个人要等待多久，才能邂逅能守候一生的人？

一个人要跋涉怎样漫长的旅程，才能穿越禁忌的空间传达对逝者的思念？

一个人要看过多少美丽的风景，才能摒弃一切黑暗和丑恶，平静而优雅地面对死亡？

同名主打单元剧作品大卖后，重启热销奇迹！
出版社权威推荐、魅丽优品年度重点图书！

敬请期待七日晴迄今为止最喜欢的一部作品

守候·妖之国

WAITING·
DEMON
C O U N T R Y

"让所有渴望而不得的温暖，独自绽放而无人知的微笑，悲伤却只能在心底流淌的眼泪，在这本书里找到归宿和答案。"

魅丽优品十周年，
巧乐吱支招男神必杀技:

必杀技A:
提升自身魅力让目标言听计从的魔法酒心糖

必杀技B:
能任意变身成任何人的魔鬼糖

必杀技C:
会让食用者成为绯闻中心的草莓糖

千种糖，百种变幻莫测的滋味，
要用哪种技能，由你自己说了算!

如何使用:请购买使用手册
《千糖百变》

魅丽优品重金打造:
巧乐吱力创青
春励志校园文
学顶级之作——

THOUSANDS AND
SUGAR
HUNDREDS CHANGING

即将问世

西 小 洛 全 新 风 格

用心灵创作属于你我的真实故事
《后来我们还剩下些什么》
献给这个不安的浮躁社会里尚未丢弃理想的人们

小时候我们觉得自己无所不能，什么都办得到；

长大后才发现我们一无所能，什么也办不到。

这是一代人成长的真实写照，还是我们命运的折射？

屈服？还是摆脱宿命？

你将如何抉择？

现实如刃，梦想、友情、爱情都变得支离破碎，

请相信，还有一种力量，

不热血，不孤勇，带领你勇敢向上！

魔法少女 MAGIC GIRL AND
THE 圆梦社 DREAMING CLUB

圣樱圆梦社信箱

当当当！走过路过不要错过啊！宇宙霹雳无敌人气好人缘的圣樱圆梦社火热开张啦！美少女社长良奈叶揽美少年副社长星泽野，欢迎各位的光临！如果你有愿望，就大胆交给我们吧！这里是无所不能的圣樱圆梦社哦！

委托人： 猫小白
本少爷刚好路过，就来支持一下吧！说到愿望，本猫希望带着我庞大的"后宫"一起去冰岛看极光！

社长评语： 介于猫少爷强大的少女粉丝团，估计得要一艘航母才装得下吧！

委托人： 莎乐美
小美希望可以拥有一家全世界最豪华的迪斯尼乐园，每天在旋转木马上吃饭，在海盗船上睡觉！

社长评语： 你就不怕晕船吗……

受理！

委托人： 猪小萌
作为本书的作者，对以上奇葩的愿望很无奈！于是，我的愿望就是……哼哼，他们的愿望全部不能实现，哈哈哈……

社长评语： 好坏……

系统瘫痪中

委托人： 草莓多
我要所有美少年都拜倒在我的牛仔裤下！哼哼哼……另外，让本女王的草莓军团再强大些吧！

社长评语： 这些美少年是不是包括猫小白？坏笑中

受理！

委托人： 艾可乐
我希望可乐星人和喵星人一起征服宇宙！哈哈哈……

社长评语： 好宏伟的愿望……

内容简介：
热血少女良奈叶做梦也没有想到，自己被一个绿色小球改变了命运！
先是被奇怪的美少年星野泽"强吻"，然后莫名其妙拥有了魔法……
校园中完全没有存在感的人摇身一变成为魔法少女，轰轰烈烈的圆梦计划展开了！
无所不能的魔法，是不是真的可以解决一切难题？
失而复得的友情，美少年不能言说的秘密，魔法宿主与守护者的爱恋……
各色奇葩圆梦任务纷至沓来，"以爱为名"的圣樱圆梦社喧嚣开张啦！

若我不曾忘记你。

原以为无关痛痒的相遇，
揭开了一段颓圮的年少爱恋。
原以为与阴谋相关的爱意，
都是处心积虑的善意守护。

千万读者感动力荐：
"这样的爱恋，
原来也可以很温暖！"

世上不会再有一个人像我这样，
越过山川海洋，青丝至白头，只为拥抱你的影子……

"暖情小天后"
梧桐私语
写给青春岁月里
最值得
暗恋的人
Promise Of
Eternity

内容简介：
一场意外的小车祸，将许多年前原本已经断开的年少时光再次连接。她步步远离，他则步步为营，一切不过是因为曾经藏在心里的小小爱恋已是盛如艳阳的爱意。只是她从不曾预料到，被阴谋包裹的蜜糖，却也是他处心积虑的善意守护。到最后她才明白，如果这世上还有一个人，能够越过山川海洋，青丝至白头，却只为拥抱她的影子，那个人，只会是他。

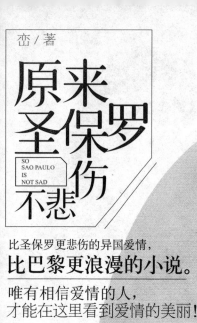

峦/著

原来圣保罗不悲伤

SO
SAO PAULO
IS
NOT SAD

比圣保罗更悲伤的异国爱情，
比巴黎更浪漫的小说。

唯有相信爱情的人，
才能在这里看到爱情的美丽！

这是一本你值得读十次的小说，当
你读完它，你会邂逅你的挚爱。

要好好活着，
因为你会死去很久很久。

内容简介：

栾欢自小失去母亲，生活窘困，随后幸运地被母亲的初恋
情人李俊凯收养，并和他的儿女结下了深厚的情谊。伴随
着李若芸救下的男人容允桢的出现，他们的生活开始出现
了变化，感情也逐渐决裂……救了容允桢的是李若芸，嫁
给容允桢的却是栾欢……

可怜的少女栾欢，在遭遇失去母亲的困窘之后，随后的幸
运接踵而至。少年李若斯的倾慕，还有遇见的容允桢，让
她实现了现实版本的人鱼公主梦。可是这一切，都建筑
在她小心翼翼守护的秘密之上。也许，到真相大白的那天，
她会变得一无所有，但那些被小心翼翼存储起来的回忆会
伴随着她度过漫长的余生。

幸运的少年容允桢，意外被救之后，遇上了心仪的少女栾
欢，为了彼此的幸福，他向她求婚。然而这一切，都建筑
在他的隐瞒之上，他的心底隐藏着一个不为人知的秘密。
到最后，当她选择离开他时，他才知道，自己早已无法自
拔地爱上了她。

水瑟蓝夏《我遇见你，是最美丽的意外》引爆热销狂潮……

I met you, Which was a beautiful accident

水瑟蓝夏／著

我遇见你，是最美丽的意外

全世界都知道他喜欢她，只有她傻傻地不清楚。

遇见
彼时豆蔻
他许她地老天荒
天涯地角
思念燃烧着两颗悸动的心

不见
他悄然从她的世界消失
仿佛他从未来过
她遍寻不见
却有另一个他
温暖着她冰冷的心扉

再见
他的离去，只为成全
她想守望，回首却是灯火阑珊
当一切真相都浮出水面
心中装着两个人的她
过往成烟

《我遇见你，是最美丽的意外》福利活动微博：
http://weibo.com/518299789

当当网购地址: http://t.cn/Rh6vXvp
淘宝网购地址: http://item.taobao.com/item.htm?spm=a230r.1.14.1.xkmY08&id=40841139970

每一朵花都有一种花语。如果这个世界如卡达耶夫笔下所描述的那般，那么，我能否用一片花瓣来许愿？我的愿望是……陆谦人，我想嫁给你。

那些藏在心底深处的记忆，经过时间的沉淀，一旦被人翻开，就会像最毒的毒药，不到肠穿肚烂，决不罢休。

苏如是和陆谦人之间的区别，用网上的词来形容，就像是"孔雀女"和"凤凰男"。不过，陆谦人对苏如是来说，就像是能给予她温暖的太阳，而苏如是对陆谦人来说，则像是不得不远离的毒药，只不过陆谦人低估了这毒药的能力，最终沉沦……

四年过去，偶然再相遇，陆谦人发现自己还是忘不掉苏如是。他舍不得她伤心，舍不得她难过，舍不得看她失望的表情，舍不得她卑躬屈膝，不论他如何让克制，最后还是缴械投降，哪怕有可能再次受伤。

这大概正是应了某部电影里的台词：**骗就骗吧，就像飞蛾一样，明知道要受伤还是会扑到火上，飞蛾就是那么傻。**

陆谦人，你就是那只傻兮兮的飞蛾。

那些让我想忘而忘不了的回忆
似空中飞舞的蒲公英
美得让人抓不住
《那朵开在心里的花》

Will you still love me when I'm no longer young and Beautiful
当我青春不再，容颜已老，你是否还会爱我
Will you still love me when I got nothing but my aching soul
当我一无所有，只留悲伤，你是否还会爱我
I know you will, I know you will
我知道你会，你会
I know that you will
你会的

安晴 著